大火　拒绝天堂
吉尔伯特诗集

The Great Fires & Refusing Heaven
Poems of Jack Gilbert

[美]杰克·吉尔伯特 著

柳向阳 译

雅众文化 出品

目 录

译者序 1
杰克·吉尔伯特：他的女人，他的诗，他的漫游和隐居

中文版序言 15

大火（1994）

29 歧途
31 罪
33 被遗忘的内心方言
35 热爱
36 度量老虎
38 内与外的声音
40 拆卸
41 但丁起舞
44 大火
46 寻找某物
48 普洛斯彼罗没有了魔法
49 寻找欧律狄刻
51 去那儿
52 余音萦绕

53	寻找匹兹堡
55	婚 姻
56	阐释曦光
57	钢吉他
59	在农场之间康复
60	精神和灵魂
63	看看接下来发生什么
64	倔强颂歌
65	雪中思量
66	破败与拙朴
68	订 婚
70	试图让某些东西留下
72	在石上
74	相对程度
76	1953
78	孤 独
80	掺 杂
82	有什么要说？
84	普洛斯彼罗梦见阿诺特·丹尼尔在十二世纪虚构爱情

85　主的尚食

87　中午举着火炬

89　一年后

90　远望当思

92　分　解

94　天堂乳汁

96　受赠之马

98　与生俱来

99　神的洁白之心

101　野上美智子（1946—1982）

102　包　容

103　蒙恩时刻

104　上帝和我一起

105　变老与衰老之间

106　男人简史

107　老妇人

108　超　越

110　不　忠

112　亮点与空隙

113　桃　子

114　音乐是关于从未发生之事的记忆
116　选 择
119　美智子死了
120　鬼 魂
122　相逢的伤害和快乐
123　窗边的男人
125　小奏鸣曲
126　在山上搜寻木头
127　在翁布里亚
128　想象自己
129　纯 洁
130　我和卡帕布兰卡
131　一个幽灵唱歌,一扇门开着
132　我想象众神
134　思考狂喜
136　夜歌与昼歌
138　与天皇共餐
140　过家家
141　超越开始
142　理论上的生活

143　从这些荨麻,救济品
144　佛罗里达的炎热夜晚
146　得其全部
147　世界的边缘
148　莱波雷诺说唐·乔万尼
150　初次
151　半是真实
152　敬畏
153　著名男人的生活
154　变老
156　如何爱死者
157　几乎快乐

拒绝天堂(2005)

163　辩护状
165　一丝不挂,除了首饰
166　好意地把她安排在荒僻处
167　我们该唱什么样的歌曲
168　拥有
170　说你爱我吧
171　博物馆

173 万圣节

175 挽歌,给鲍伯(让·麦克利恩)

177 简 历

179 超过六十

180 越来越虚弱:午夜到凌晨四点

181 曾几何时

182 幸免于难

183 公 鸡

185 失败与飞行

187 燃烧(不太快的行板)

189 另一种完美

190 一团某物

191 逍遥在外

192 真 实

193 罪 过

195 人迹罕至的山谷

196 正在发生的,与它周围发生的一切无关

198 超越精神

200 沉思之十一:再读布莱克

201 在我身上留下了多少?

203 在这儿！在这儿！又没了！
205 雄心
206 回到年轻时候
207 没有更近
208 成年人
209 从上面看见
210 接近
211 来信
212 少即是多
214 向王维致敬
215 刺柏城堡的灰胡桃树
217 做诗
218 安定下来
220 夜的美妙滋味
221 荣耀
222 试着写诗
224 一种勇气
225 快乐地种豆子
226 想要什么
228 带来众神

230 不足为人道也
231 被遗忘的巴黎旅馆
233 是羽毛还是铅
235 多么充裕
236 花 园
238 只在弹奏时,音乐才在钢琴中
240 寂静如此完整
241 拒绝天堂
243 我们内心的友谊
244 一次感恩起舞
245 马群在无月的午夜
247 无 瑕
248 而 且
250 一种礼仪
252 一路繁花盛开
253 隐秘的耕作
254 1960年12月9日
256 不是幸福而是幸福的结果
258 失 信
259 幸福的重塑

260 从巴黎眺望匹兹堡

262 "我的双眼爱慕你"

264 超越快乐

265 魔力

266 好生活

267 胖刺猬

268 普洛斯彼罗倾听黑夜

269 天堂末日

271 失去的世界

273 也许非常幸福

274 细事的马槽

276 三十种最爱的生活：阿玛格尔

278 缅甸

280 我拥有什么

282 麻烦

284 起初

285 职业

286 亚拉帕

287 喜爱沙砾和一切

289 她或许在这儿

译者序

杰克·吉尔伯特：
他的女人，他的诗，他的漫游和隐居

我们不能用通常的眼光看待杰克·吉尔伯特。

他从小受苦，但成年后对世事漫不经心；他凭处女诗集一举成名，但他避名声如瘟疫，一离诗坛就是十年二十年；他一生中有过许多亲密的女人，但大多时间是孤独一人生活；他在匹兹堡出生长大，但长期在希腊等地漫游，在旧金山等地隐居。更有甚者，刚过完八十岁生日他就宣布："我还不想过平静的生活。"

这就是杰克·吉尔伯特！

2005年，诗人莎拉·费伊（Sarah Fay）对八十岁的吉尔伯特进行了长篇访谈，在访谈序言中说："在杰克·吉尔伯特参加公共朗诵的少数场合——无论是纽约，匹兹堡，还是旧金山——并不意外的是，听众中有男人有女人告诉他：他的诗歌曾经怎样挽救了他们的生活。在这些集会上，或许还能听到关于他的野故事：他是个瘾君子，他无家可归，他结过几次婚。"费伊专门替吉尔伯特做了澄清："现实生活中，他从未吸毒成瘾，他一直贫穷但从未无家可归，而且，他只结过一次婚。"

一

杰克·吉尔伯特（Jack Gilbert）1925年生于匹兹堡，十岁丧父，开始与叔叔一起帮别人家熏除害虫。高中辍学，开始挣钱养家：上门推售"富乐"牌刷子、在钢厂上班，还继续帮别人家熏虫。"氰化物闻上一口就能把你熏倒，几分钟你就死了，"他几十年后感叹说，"这样长大真是让人感到恐怖。"他在《拒绝天堂》一诗中讲到匹兹堡河流沿岸的工厂，他曾在那儿工作，"并长成一个年轻人"。后来，按照莎拉·费伊的说法，由于校方的笔误，他被录取到匹兹堡大学。吉尔伯特在匹兹堡大学遇到他的同龄人、诗人杰拉德·斯特恩（Gerald Stern），于是开始写诗。

吉尔伯特1947年毕业即开始了他的浪迹天涯之旅：先到巴黎，并为美国《先驱论坛报》工作。《在我身上留

下了多少?》回顾了这段生活:

> 我记得荒凉而珍贵的巴黎冬天。
> 战争刚刚结束,每个人都又穷又冷。
> 我饥肠辘辘,走过夜间空荡荡的街道,
> 雪在黑暗中无言地落下,像花瓣
> 在十九世纪的末期。

后来他又去了意大利;在那儿遇到了吉安娜·乔尔美蒂(Gianna Gelmetti,1937—2010),他生命中的第一场伟大爱情。但没有结果:女孩的父母对吉尔伯特能否为女儿提供经济或家庭保障产生了怀疑,劝他主动放弃。于是吉尔伯特收拾行囊,回到美国——他的诗人生涯或者说隐士生活正式开始。吉尔伯特后来为她写了多首诗作。诗集《大火》收录了题献给她的一首《但丁起舞》,是吉尔伯特最美的诗篇之一,诗集《拒绝天堂》收录了题献给她的一首《拥有》、写她的《一次感恩起舞》,两本诗集中另有多首诗中写到她。在晚年诗作《珍惜那些不是的》中吉尔伯特回首一生所爱:"啊,你们,我这漫长一生爱过的/三个女人,连同其他几个。"他所说的"三个女人",第一个便是吉安娜,在他此后数十年的诗歌中不曾须臾离去的女子。

五六十年代的旧金山，一场反传统的文化运动正方兴未艾。吉尔伯特先在旧金山，后在纽约东村，经历了"垮掉的一代"和嬉皮士运动。其间参加了杰克·斯帕舍在旧金山学院举办的"诗歌魔术车间"，与金斯堡等人做了朋友。据说，吉尔伯特开始一直不大喜欢金斯堡的诗，后来有一天金斯堡在吉尔伯特的小屋里大声朗读了刚写完的两页诗，吉尔伯特一下子就喜欢上了；这就是《嚎叫》的开头部分。《拒绝天堂》中《被遗忘的巴黎旅馆》一诗讲到了他与金斯堡关于诗歌的"真实"，也就是诗歌存在的意义的看法，颇堪玩味：

> 金斯堡有一天下午来到我屋子里
> 说他准备放弃诗歌
> 因为诗歌说谎，语言失真。
> 我赞同，但问他我们还有什么
> 哪怕只能表达到这个程度。

在旧金山，吉尔伯特的浪漫史中出现了两位女诗人。一是劳拉·乌列维奇（Laura Ulewicz, 1930—2007），生于一个波兰移民家庭，与他同为"诗歌魔术"车间成员；吉尔伯特的第一本诗集即题献给她。另一位就是琳达·格雷格（Linda Gregg，1942—2019），当时旧金山学院的学生，他的生命和诗歌中最重要的女人；也是他终生的好朋友。琳达本人也是一位非常优秀的诗人，他们的诗歌有诸多共通之处，包括对共同度过的青春岁月的描述，类似的写作技法，以及诗作中的相互指涉和引用，对照阅读，别有一番滋味。

二

1962年，37岁的吉尔伯特获耶鲁青年诗人奖，得以出版处女诗集《危险风景》，一举成名；并与罗伯特·弗罗斯特、威廉·卡洛斯·威廉斯的诗集并列获得普利策奖提名。《纽约时报》称吉尔伯特"才华不容忽视"，西奥多·罗特克和斯坦利·库尼兹赞扬他的直接和控制力，斯蒂芬·斯彭德夸奖他的作品"机智、严肃，富于技巧"。他的照片甚至上了《魅力》杂志和《时尚》杂志。1964年，吉尔伯特又获得一笔古根海姆奖金。当此时，吉尔伯特俨然是胜券在握，前程不可限量；他该是怎样地踌躇满志呢？——他消失不见了！一去二十年。

原来，他是要主动地放弃，正如他说的："我不为谋生或出名写诗。我为自己写诗。"其实，读一读那部诗集中的《非难诗歌》一诗，你就会明白吉尔伯特从诗歌生涯一开始就具有的主动和自觉——这正是他的非比寻常之处。吉尔伯特讲过一件事：在旧金山时，斯帕舍经常和他在一起下棋，但老是输，有一天斯帕舍嘀咕好久，最后说吉尔伯特作弊，说得吉尔伯特摸不着头脑：下棋怎么作弊？总不能把你的棋子给拿掉吧。最后斯帕舍说："你作弊——你在想，你死认真。"其实，"死认真"是点到了吉尔伯特的核心！他一生中一直是"死认真"地过着他自己认定的生活，艰难困顿，不为所动。

他去了希腊，和他的伴侣、诗人琳达·格雷格一起，生活在帕罗斯岛和圣托里尼岛，中间曾到丹麦和英国短住。"杰克想知道的一切，就是他是清醒的，"格雷格说，"他从来不关心他是不是很穷，是不是要睡在公园凳子上。"吉尔伯特后来回忆他们在希腊的时光时说："最美好的就是她的金发和雪白肌肤与碧海的辉映、她准备午餐时忙碌的身影。"两人在岛上伊甸园里徜徉，但他们的爱正一步一步走向尽头。《失败与飞行》一诗用伊卡洛斯的故事隐喻了他和琳达的恋情。六年的海外生活之后，这对伴侣回到旧金山，劳燕分飞。

吉尔伯特旋即与日本女孩、雕刻家野上美智子

（Michiko Nogami，1946—1982）结婚；吉尔伯特在日本立教大学教书，一直到1975年，他与美智子一起开始了周游列国。1982年，也就是他的处女诗集出版二十年后，在他的朋友、著名编辑戈登·利什的支持下，吉尔伯特出版了第二本诗集《独石》，又一次获普利策奖提名并进入终评名单。同年，十一年的婚姻之后，美智子病逝。吉尔伯特两年后出版了献给她的一本纪念册《美智子我爱》（*Kochan*），收诗九首，并附美智子的四首诗。此后一去十年。

三

美智子去世后的十年里，吉尔伯特在各地任教，继续写诗，其中许多诗作是对美智子的怀念；这些诗作收入他的第三本诗集《大火：诗1982—1992》，1994年出版。至此，可以说我们如今热爱的诗人吉尔伯特，已经真正站在我们面前了，或者，用评论家廖伟棠的话说，吉尔伯特由这本诗集"一跃进入大师的行列"。

这本诗集包括了《大火》《美智子死了》《在翁布里亚》《罪》《被遗忘的内心方言》《但丁起舞》等诸多名篇。其中《美智子死了》堪称杰作，其写作手法最为人津津乐道，诚如亨利·莱曼所说："这首诗的力量，部分来自这一事实：感情从未被陈述，但通过近乎医学诊断般的描述而得以完整传达。"另一首七行短诗《野上美智子（1946—1982）》，似乎是吉尔伯特伤逝心境的写照，而最后两行带给我们的，几乎就是生命的战栗：

> 因为永远不在了，她就会
> 更清晰吗？因为她是淡淡蜂蜜的颜色，
> 她的洁白就会更白吗？
> 一缕孤烟，让天空更加明显。
> 一个过世的女人充满整个世界。
> 美智子说："你送给我的玫瑰，它们
> 花瓣凋落的声音让我一直醒着。"

怀念美智子的诗作之外，写给吉安娜·乔尔美蒂的《但丁起舞》、写给琳达的《一年后》自不必多说，即使是《在翁布里亚》这首短诗，一个有些茫然失措而又风致楚楚的少女，"不管怎么说她很得体"，也实在让人动心。其他如《拆卸》《寻找匹兹堡》《试图让某些东西留下》《相逢的伤害和快乐》《如何爱死者》等都是非常优秀的诗作。《大火》备受好评，获雷曼文学奖。在1996年雷曼基金会举行的一次朗诵会上，有人问到他长期消失的原因，他只是简单地说：他爱上了琳达和美智子。但他没有告诉别人：他接下来又是十年的消失不见。

十年过去，八十岁的吉尔伯特又浮出水面，出版了他的第四本诗集《拒绝天堂》（2005），献给陪伴他最长时间的两位女人：琳达·格雷格和野上美智子。这本诗集收诗87首，包括了他的一些最强有力的作品，被诗人自己认为是他至今最好的一本诗集。其中名篇，在译者看来，《辩护状》《曾几何时》《拒绝天堂》《被遗忘的巴黎旅馆》等自不待言，其他如《公鸡》《失败与飞行》《罪过》《在我身上留下了多少？》《天堂末日》《三十种最爱的生活：阿玛格尔》《只在弹奏时，音乐才在钢琴中》《一次感恩起舞》《起初》等等，也都是非常优秀的诗作。当然，这只是译者的偏好，每个读者都会找出自己喜欢的篇目。

《拒绝天堂》出版后受到欢迎，获美国全国书评界奖《洛杉矶时报》图书奖，诗人接受了《巴黎评论》等刊物的访谈。"杰克像一条泥鳅一样跳起来了。"《纽约客》诗歌编辑爱丽丝·奎因说。杰克这次跳得有多高？我们只要读一读第一首《辩护状》这三行就知道了：

如果上帝的机车让我们筋疲力尽,
我们就该感激这结局的庄严恢宏。
我们必须承认,无论如何都会有音乐响起。

事实上,吉尔伯特是愈老跳得愈来劲:2006年在英国出版了一本诗选《越界》,又出版了一本诗册《艰难的天堂:匹兹堡诗章》,2009年出版了诗集《无与伦比的舞蹈》。

四

吉尔伯特身上有一种明显的浪子情怀,不事世俗,但与"忍把浮名,换了浅斟低唱"式浪子不同,吉尔伯特是别有所求——"我想要某种为我自己的东西"。他清醒地知道自己想要什么!他甚至不愿为诗歌而改变自己。"我想以一种我能够真正体验的方式活着。"为此,他走过欧洲、亚洲、南美洲许多贫穷的地方,许多年过着苦行僧一样的生活,甚至一个人生活在树林里两年之久……他一直过着另类而认真的生活。

他在2007年接受访谈时说:"我过的生活如此丰富,在许多方面。依靠陷入爱情。依靠保持贫穷。我在这么广的地域内过的生活都保持了本然的自己……我过了非同一般的生活。"但我们要问：他看到了什么？他经历了怎样巨大的孤独，怎样的考验？包括"道德"正确性的考验？他怎样挣扎，怎样反思自我，怎样为自己的行为辩护？读者透过这本诗集中一再触及这些问题、回答这些问题的诸多诗作，或许能深入吉尔伯特广阔的内在世界。

吉尔伯特的诗，更多的是依靠"具体坚实的细节"或"实实在在的名词"，用笔偏疏偏碎，语言突兀，富于冲击力。他反对修辞化的诗歌。按他自己的说法，他的诗大多是关于洞察和认识，关于知识和理解，甚至他的爱情诗也往往是关于爱情或婚姻的一些洞察。他曾专门提到中国古典诗歌对他的影响："首先对我的诗产生影响的是中国古诗——李白、杜甫——因为它有这种非同寻常的能力，让我体验到诗人正感觉着的感情，而做到这一点没有任何凭借。我对此着迷：以少少胜多多。"

爱情构成了吉尔伯特最美的诗篇。他曾说："我的生活都致力于认真地去爱，不是廉价地，不是心血来潮，而是对我重要的那种，对我的生命真正重要的，是真正地恋爱。"甚至，在他假想的生命结束、随天使离开这一场景中，"他所说的只是他可否留个便条"给三个女人（《天堂末日》）。他关于爱情和女人的诗作，如评论所说，"是悲伤之爱的闪光，为这个偶然的、受伤的世界而闪现"。这些诗作智性，纯粹，堪称完美。有时纯粹之极，美得让人揪心，像下面这首《爱过之后》：

> 他凝神于音乐，眼睛闭着。
> 倾听钢琴像一个人穿行
> 在林间，思想依随于感觉。
> 乐队在树林上方，而心在树下，
> 一级接一级。音乐有时变得急促，
> 但总是归于平静，像那个人
> 回忆着，期待着。这是我们自身之一物，
> 却常常被忽略。莫名地，有一种快乐
> 在丧失中。在渴望中。痛苦
> 正这样或那样地离去。永不再来。
> 永不再次凝聚成形。又一次永不。
> 缓慢。并非不充分。几乎离去。
> 寂静中一种蜂鸣之美。
> 那曾经存在的。曾经拥有的。还有那个人
> 他知道他的一切都即将结束。

生命偶然，青春短暂，这个世界充满了悲哀、死亡甚

至屠杀。吉尔伯特在诗歌中直面这些问题。他曾以《辩护状》一诗的开头几行为例进行解释:"我们一定不能让悲惨抢走我们的幸福……重要的是在这个世界上能够继续保持幸福或快乐;不是要忽略其他那些事情,而是要认识到我们必须在这个糟糕的平台上建设我们的诗歌。"反过来说,就像他在诗中所说:"如果我们否认我们的幸福,抵制我们的满足,／就会使他们遭受的剥夺变得无足轻重。"

说到这里,我想到赫塔·米勒,她"以诗歌的浓缩和散文的坦率描绘了被剥夺者的风景"。我们该怎样理解被剥夺或被驱逐(者)的生活的意义或重量?琳达·格雷格有一首诗写到米莎和约瑟夫·布罗茨基,或许有助于我们理解这一问题:

> 他们坐在一起,两个被驱逐者
> 用俄语谈论着怎样设计
> 他的《胡桃夹子》。米莎时不时站起来
> 跳上一两段,然后坐下
> 继续聊。他们已经知道
> 生活是悲剧的。那是他们的重量。

几十年来,吉尔伯特主动选择了漫游和隐居的生活,但他作为诗人，连同他的诗歌，却让许多人着迷。按费伊的说法："对于吉尔伯特的着迷，说到底，是对他的诗歌魅力的回应，但也反映出一种完全不考虑其文学命运和名声等惯例的人生的神秘之处。"因此，即使在美国，不仅有人支持他出版诗集，更有人不断地呼吁"重估""抢救"吉尔伯特。

最后，要提到他的第一本诗集，《危险风景》，如今已经成为爱诗者收藏的珍品。多年来，吉尔伯特断断续续地居住于麻省北汉普顿、旧金山、佛罗里达。笔者2008年开始阅读、翻译他的作品时，他还住在北汉普顿他的好朋友亨利·莱曼家里，过着一种朴素、孤独的生活；他在莱曼家住了十年（2000—2009），后来因为健康原因，转到加州伯克利的一家护理院居住。2012年3月他的《诗全集》出版，题献给他生命中最重要的三个女人，封面上部是吉安娜·乔尔美蒂木刻的肖像画《杰克，1960》，仿佛时光回到了几十年前。八个月后，11月13日清晨，吉尔伯特在伯克利过世，终年87岁。据莱曼给译者的邮件介绍，吉尔伯特此前不久因肺炎住院治疗，健康急剧恶化，临终前很平静，朋友们围着他，为他读诗……

2009年6月。2011年9月。2020年8月

中文版序言

"对于我,诗是宏大的见证。"杰克·吉尔伯特在1965年写道,而他的《诗全集》证实了这句话。生长于匹兹堡,伴着三条大河和九十二座桥,以及年轻时工作过的火焰熊熊的钢厂,眩晕于自己的所见,他很快决定尽其一生寻找那种恢宏壮阔。

他寻找,在他就读这座城市的大学时写的诗中,在战后的巴黎街头,在罗马、佩鲁贾、旧金山、纽约;在阅读中,尤其是在希腊抒情诗,和贺拉斯、卡图卢斯的作品里,在彼特拉克、莎士比亚、王维、艾兹拉·庞德的作品里;在女人身上,一开始是吉安娜·乔尔美蒂、劳拉·乌列维奇。他寻找、生活并写入诗歌,后来近乎偶然地出版并获得荣誉。然而,荣誉当前,他却转身而去,和他的爱人、终生好友、诗人琳达·格雷格远走希腊,过着近乎一无所有的生活,因为荣誉只会挡在他寻找的路上。

宏大,要求于吉尔伯特的是一种相当锐利的语言。不是他在旧金山所交往的"垮掉派诗人"拉长的兴奋中的高声喧哗，也不是数十年前某些更正式的韵诗里的礼节性的轻快。确切说，他淬炼出了一种既激情又温和，精写细织，抽去文辞修饰的诗：

> 我曾与树木相悦
> 太长久。
> 和群山太熟稔。
> 快乐已是一种习惯。
> 此刻
> 突然地
> 这雨。

这几行诗出自《雨》，像吉尔伯特薄薄的第一本诗集《危险风景》中的许多诗作一样，有一种严格的古典的克制，一种明显强化了情感的训练。同时又揭示出对解放的渴求：一个诗人只有通过舍弃惯常的生活，保持对世界的不习惯，甚至几分生疏，他才能带着对世界的震惊来理解世界。实际上，他如此频繁地从一国迁到另一国，一个主要原因即是要避免在任何一个地方感到太驾轻就熟。

类似地，对于诗，他一直用不同的方法，不同的策略，这样就不会在任何一种模式中变得太舒适。其目标，在他的诗中正如在他的生活中，是要保持眼睛清亮。没有什么被认作理所当然。每个时刻,甚至一次普通的下雨,也被当作惊奇。

《危险风景》出版后的二十年间,吉尔伯特和格雷格分手,与日本女诗人野上美智子结婚,在东京教书一年,然后在中东、欧洲和亚洲讲课。偶尔在杂志上发表诗作,但直到1982年才出版第二本诗集《独石》,其中只有65首新作。这本诗集的钥匙,可以在《饥饿》一诗中找到:

用大拇指
挖进苹果里。
刮掉阻挡的苹果把儿,
挖得更深。
拒绝月亮的颜色。
拒绝嗅觉和记忆。
挖。果汁
顺着手流,不舒服。
用手凿出一大块。
感到汁液黏黏的
在手腕上。皮肤痒。
挖到木质的部分。
到种子。继续。
不拿任何人的话当理由。
到达种子之外。

苹果是苹果,苹果也是生活,或任何给定生活的片刻。诗人不仅吃苹果,像《圣经》伊甸园故事里亚当、夏娃吃下知识的禁果一样。他吃苹果,用手指挖苹果,以各种方式深入果核,并超越果核追寻某种更深远晦暗的意义。关键是要深刻地享受生活,舍弃肤浅的快乐,尽自己所能勘探每一时刻。从吉尔伯特的前两本诗集到之后的三本诗集,这个提示不断浮现,但总是以不同的形式。它甚至在他关于悲伤或痛苦的诗中呈现,比如献给过世的美智子的挽歌。

《独石》出版的同年,1982年,美智子过世。此后这段时间,吉尔伯特大多住在加利福尼亚,后来搬到东部,20世纪90年代初落脚在马萨诸塞,在阿默斯特城外的一座林中小屋。他在那里最终整理了第三本诗集《大火》的手稿,其中多首诗作哀悼他过世的妻子,其悲伤既是个人的也是普遍的。这是他永远不会割舍的一种承担:

美智子死了

他设法像某个人搬着一口箱子。
箱子太重,他先用胳膊
在下面抱住。当胳膊的力气用尽,

他把两手往前移，钩住

箱子的角，将重量紧顶

在胸口。等手指开始乏力时，

他稍稍挪动拇指，这样

使不同的肌肉来接任。后来

他把箱子扛在肩上，直到

伸在上面稳住箱子的那条胳膊

里面的血流尽，胳膊变麻。但现在

这个人又能抱住下面，这样

他就能继续走，再不放下箱子。

这首诗的力量，部分来自这一事实：感情从未被陈述，但通过近乎医学诊断般的描述而得以完整传达。通过使用"他"而非"我"，吉尔伯特超越个人，唤醒读者心中类似的情感。它的纯粹的重量也将持久不息。一个人可以自我调整，以各种方式来适应，但永远不能把它放下。最终，它被抱着，紧贴心脏，永远。

在马萨诸塞居住时，吉尔伯特继续写作其非凡的诗歌，但直到十一年后，他的第四本诗集《拒绝天堂》才出版。这个标题所表明的主题，即他对于宗教的不认同，既体现在这本诗集里，也体现在他早期作品里。吉尔伯特幼年时是虔诚的信徒,但他很快开始怀疑是否存在人们所期望的天国。对他来说,任何来世的观念都只会降低生命本身,因为这些观念把我们在世间的生活看作是一场试验,是进入某种更高、更美好世界的试验场。而在吉尔伯特看来,生命是我们的全部所有,而天国是一个虚假的承诺,是必须拒绝的。但在他而言,拒绝并非轻易,正如这本诗集的同题诗作所写的:

> 这些身穿黑衣、在冬天望早弥撒的老年妇女,
> 是他的一个难题。他能从她们的眼睛辨认出
> 她们已经看到基督。她们使
> 他的存在之核及其周围的透明
> 显得不足,仿佛他需要许多横梁
> 承起他无法使用的灵魂。但他选择了
> 与主作对。他将不放弃他的生活。

这似乎表明对那些老妇人拥有的信念有某种程度的渴望:她们对基督的绝对信心使他觉得不值得,但他固执地坚持他的无神论,自觉地选择不相信任何超越此时、此地的实在。有一次吉尔伯特对我说:"此刻我们就生活在天堂。"

我们活着片刻存在的陌生,
但我们仍然因暂时的存在而兴奋。
其间壮丽的意大利。存在的短暂,存在的
卑微这个事实,才是我们的美的来源。
我们是独一无二的,从噪声中制造音乐,
因为我们必须匆忙。我们在宇宙的
虚无荒原里,收获孤独和渴望。

以上几行出自《细事的马槽》一诗,这个标题提示我们生命的价值主要由其短暂性所决定。清醒地认识到人终有一死,这种意识把每个飞逝的瞬间,每个微小的细节,变成了近乎神圣之物。

吉尔伯特出版《拒绝天堂》时,已年过八十,开始经历阿尔茨海默病的初期症状,仍然每天散步,能够写作,但需要一些帮助。由于他那时还住在我在北汉普顿的家中,我得以帮助他整理手稿、书信……在日常交谈中,我感受到他的敏锐、满足。他经常说他活得多么幸运,能够活得如此深刻、丰富,甚至在最贫困的年月里也是如此。他提醒我注意《三十种最爱的生活:阿玛格尔》最后几行,引自中国人金圣叹的《不亦快哉三十三则》:

我不经意地想起

中国古代一位诗人在贫困中

写道:"啊,不亦快哉。"

在吉尔伯特的许多诗作中,活着被看作是一种舞蹈,因此就有了 2009 年出版的第五本,也是最后一本诗集《无与伦比的舞蹈》。这个短语,由《哭泣的奥维德》一诗中喝醉的奥维德嘟囔着说出来:"既是旋律 / 又是交响曲。美的舞蹈中 / 不完美的起舞。无与伦比的舞蹈。"不完美,不仅是吉尔伯特所接受的,而且是他所赞美的。也正因此,他才被荒凉的不毛之地、精疲力竭的穷人、被遗弃者……吸引。对他真正重要的,是我们努力生存下来,无论在什么环境里,虽然我们无力承担这一任务。"我们都是不可思议的,"他曾告诉我,"如果我们能找到我们自己的量表。"美中不足,踉踉跄跄,我们试着努力,而纵使笨拙,对于他仍然是一种舞蹈,一种艺术,一种音乐。

他把一首诗看作一件不完美之物。他接受这个事实:语言有其限度,无论我们可能将它延伸多远。同时,他也确信:诗歌,按他所称的"感觉到的知识",是我们能够借以抵达我们所是、我们所在的最好方式。对他来说最重要的,不是完成了的形式,而是写一首诗的野心。他相信如果一首诗寻求表达那无法表达的,哪怕它会失败,仍然会带我们接近可能的真实,而这已经足够。在诗集《无与伦比的舞蹈》中,这一思想也反映在下面这首四行诗里:

偶 得

躺在屋子前,整个下午
试着写一首诗。
沉沉睡去。
醒来,繁星满天。

他"得"了吗?他在这个世界醒来,繁星满天似乎暗示他是对的。果真如此,他"试着写"的这一首诗就终于完成了。

亨利·莱曼[1]

---

[1] 亨利·莱曼(Henry Lyman),美国当代诗人,诗歌翻译家,吉尔伯特近三十年的好友。

大　火（1994）
The Great Fires: Poems 1982-1992

FOR

Michiko Nogami

KAKUBAKARI KOISHIKUSHI ARABA
MASOKAGAMI MINU HI TOKI NAKU
ARAMASHIMONOWO

Manyoshu 4221

献给

野上美智子

早知如此长思念

应是共处日

无时不见面

《万叶集》4221

(赵乐甡 译)

歧 途

这些鱼令人痛苦。多数日子
它们在黎明时被带上山,美丽,
异样,冷,来自海底的黑夜——
宏大的空间从它们呆板的眼里消失。
柔软的黑暗机器,那男人想,
一边洗鱼。"你怎么会知道我的机器!"
上帝质问道。当然,那男人平静地说,
一边切进鱼身,放回十二根鱼骨,
抓到一些骇人的污物。
上帝坚持道:"是你自己选择了
这样生活。我建了城市,那里的一切
合乎人性。我造了托斯卡纳,而你
与岩石和寂静一起生活。"那男人
洗去血,把鱼摆在一个大盘子里。
开始在热橄榄油里煎洋葱,又放入
胡椒。"你常年过着没有女人的生活。"
他把所有东西盛出来,放进鱼。

"没人知道你在哪里。人们都把你忘了。
你又没用又固执。"那男人把西红柿
和柠檬切成片。把鱼起锅,
又炒鸡蛋。我不是固执,他想,
一边把所有东西摆在院子里的桌子上,
院子里洒满清晨的阳光,燕子的身影
飞过饭菜。不是固执,只是贪心。

罪

那男人看起来肯定有罪。
又丑又脏，衣衫褴褛。更不用提
他们发现他在那边树林里
陪着她的尸体。邻居们讲他如何
总在摆弄死去的松鼠，
伤残的狗，甚至蛇。他说
只有那些东西才会允许他
接近它们。"看着我，"
那老人直白地说，没有抱怨，
"身处这些死物之中，我已经
是一个死物。看它们蒙羞于
死亡对待它们的方式，让人难受。
路上狼藉一片的负鼠，被蚂蚁
吃掉眼睛的鸟儿，甚至临死的老鼠
也想为它们的不体面保留隐私。
确实，我洗去了她脸上的污泥
和身上的血渍。给她梳了发。

我睡在她身边，在她脚边整整两天，
像过去我的狗那样。尽我所能
为她整好衣服。她原本如此被忽略。
像是被扔到荒草里的无用之物。
似乎没有人因为这样对待她
而介意。我一直在想如今
她还可以独自待多久。我知道
警察将拍照，然后把照片登在
报纸上，赤裸，公开，这样
人们吃早饭时就可以看到。我只想
给她的灵魂足够的时间来做好准备。"

被遗忘的内心方言

多么令人惊讶，语言几乎总能有意义，
多么让人害怕，它并不完全有意义。爱，我们说，
上帝，我们说，罗马和美智子，我们写，而词语
误解了它。我们说面包，它的意义取决于
哪一个民族。法语没有一个词表示家，
我们没有一个词表示严肃的快乐。印度北部
有一个民族即将灭绝，因为他们古老的语言里
没有亲爱这类词语。我梦到已经消逝的
词汇，它们可能表达了某些我们再也无法
表达的东西。也许伊特鲁里亚的文本
最终会解释为什么坟墓上的那对夫妇
正在微笑。也许不会。当数以千计
神秘的苏美尔匾牌被破译时，
它们似乎是商业记录。但如果
是诗文或圣歌呢？我的喜悦如同十二只
埃塞俄比亚山羊静立在清晨的阳光里。
噢，主啊，你是盐板和铜锭，

壮丽如成熟的麦子在风的吹动中弯曲。

她的胸脯是六头白色公牛,系着

埃及长纤维缰绳。我的爱是一百罐

蜂蜜。大量的金钟柏是我的身体

想对你的身体的述说。长颈鹿是黑夜里的

这种欲望。或许,螺旋状的米诺斯文字[1]

不是一种语言而是一幅地图。我们感受最多的

没有名字,除了琥珀,人马座,樟树,马和鸟。

---

[1] 米诺斯文字(Minoan script),发现于克里特岛,包括图形文字和线形文字,属于米诺斯文明的一部分。(本书注释若无特殊说明均为译注)

热爱

每次听到男人们夸耀自己多么
有激情,我就想起两位清洁女工
在二楼窗边观看一个男人——
他刚从一个供应许多免费啤酒的
聚会上回来,在大楼跑进跑出
找洗手间。"我的天,"
高个女人说,"下面那个家伙
肯定热爱建筑艺术。"

度量老虎 [1]

一盘盘锁链。一扇扇牛肉堆在货车上。

水牛拖着柚木在曼德勒城外

河流的泥浆中。拜占庭穹顶里的主。

头顶上巨大的起重机载着钢板

穿过昏暗的光线和轰鸣声,朝向

剪切四分之三英寸金属板的巨型剪刀,

然后砰然落下。心智的重量

使精神的大梁和支柱折断,流溢出

心脏的熔液。轿车般大小的炽热钢锭

从轧钢机滚滚而出,黑暗中更明亮的金属

脱落下红色的渣。下方的莫农加希拉河,

夜的光泽在它的腹部。寂静,除了

机械哐哐作响在我们的更深处。你还会

爱,人们说。得给它时间。我随时间

---

[1] 亨利·莱曼解释:此处"老虎"指向英国诗人威廉·布莱克的诗作《老虎》……吉尔伯特此诗聚焦生命的强大力量:生命,当真实地活着的时候,应该像老虎一样,无法度量。

日渐耗尽。日复一日,平淡无奇。
他们所说的真正的生活,由八英寸测量仪构成。
新奇四处大摇大摆,仿佛其意义重大。
讽刺,整齐和押韵假装成诗歌。
我想回到美智子刚过世的那段时间——
我每天在树中哭泣。想回到那种真实。
回到那样的巨痛,活得那样淋漓尽致。

内与外的声音
——给海顿·卡鲁斯

在我小时候，有个老人养了一匹

残疾马，那马拖着马车穿行

邻家后街，他叫喊着，铁！铁！

意思是他收购弹簧床垫和废炉子。

此后的年月里，对我来说意思是心灵的钢

和灵魂的铆合梁。当我住在

圣路易岛[1]，一个玻璃工每天早晨来，

叫喊着，玻璃！玻璃！[2] 意思是他背上的玻璃，

但听起来像多年后我在佩鲁贾

黄昏时高窗外面俯冲的燕子。

在我童年的夏天，意大利男人走着

在卡车前叫卖他们的熟甜瓜，

老年犹太人在雪里跋涉，叫喊着，扫帚！扫帚！

两百年前，伦敦商店里的男孩

---

1 圣路易岛（Île Saint-Louis），巴黎塞纳河中的一个天然小岛。
2 "玻璃！玻璃！"，原文是法语。

对路人大叫,你缺什么?[1]一个糟糕的问题,每天都听见。"越来越少",我想。巴西人说,"在这个国家,我们有我们需要的一切,除了我们没有的。"

---

[1] "你缺什么?"(What do you lack?),引自查尔斯·欣德利著《伦敦叫卖声简史》(*A History of the Cries of London: Ancient and Modern*)。男孩的本意可能是"你喜欢什么?"(What do you like?)。

拆 卸

我们只有通过拆除心脏所知的一切
才发现心脏。通过重新定义早晨,
我们才发现一个紧接黑暗而来的早晨。
我们可以冲破婚姻而进入婚姻。
我们因执着于爱而糟蹋了爱,超越
喜爱,跋涉一口之深而进入爱。
我们必须忘却星座才看到星星。
但退回到童年于事无补。
这个村子并不比匹兹堡好。
只有匹兹堡才超过匹兹堡。
罗马优于罗马,正如同浣熊
用舌头舔垃圾桶内壁的声音
要超过垃圾里污物的轰响。爱
并不够。我们死去,永恒地葬于泥土。
当我们还有时间,应该坚持。我们必须
吃尽已在我们床上的她甜美身体的
野性,抵达那身体里的身体。

但丁起舞

——致吉安娜·乔尔美蒂

一

当他跳起与贝雅特丽齐的初次相遇，
他还是一个青年，他的身体还没有实在的语言，
他的心一点儿也不懂得是什么
萌生了。爱像夏日久旱后的一场雨，
像红尾鹰的一声清唳，像天使
把牙齿沉入我们的喉咙。而他只有
初学者的舞步来讲述他内里的光辉。
男孩但丁第一次看见她，那种绝对的爱
只有当我们相互一无所知时才有可能，
他用手臂挡着脸，跑开了。几年过去。

二

第二支舞是关于他们的重逢。他绕着她

跳一曲心醉神迷[1]。贝雅特丽齐一头长发
又黑又密。她注视着，用甜蜜的眼神。
他的跳是一个男人的跳。他舞步的动作
显示他是一个理解那舞蹈的舞者。
一个认识到男孩贪欲的男人。她沉浸于
她身体的内心之中。他光芒四射。她神魂若失
被姑妈领走。她的家人从此以后
小心翼翼。她坐马车扬尘而去。他
踮起脚尖，舞动手臂，眼睛里满是绝望。
后来她趴在宫殿里一个楼梯的窗口。
下面空荡荡的广场上，他跳着他的忧伤，
在月光里，光彩炫目，恍若无人。她
把窗帘往旁边推开一点点，他感到幸福。
这是一个我们都熟悉的梦，爱的完美
并不真实。在他身后有一个喷泉。

三

几年之后，他们终于在一起了

---

[1] 本诗中舞蹈动作名称原为法语或意大利语，中文以楷体表示。

在他的简陋房间里。此后他长久的舞蹈
是喜悦、感恩和挚爱的宣言。
但她跳得奇怪,穿上衣服,
一声微弱的再见。此刻她的灵魂
从那种爱里脱了身。他站着一动不动,惶然不解,
看着她离去。然后就跳起他的悲伤,精彩之极。

四

我们看到但丁像一个老人。他是一个舞者
但只能跳好开头时那些简单的步子。
他跳那失去的罗曼司,那从不曾是的爱,
和因梦想而错失的伟大的爱。
第一位,击足跳,和最小的跳。
安静但充满激情。更安静,最强烈的激情。
那特别的悲伤,属于一颗快乐的、不完美的心,
它终于谙熟了如何跳舞。但并不跳。

大 火

爱与所有东西无关。

欲望和兴奋比起它不值一提。

不是身体发现了爱。

而是身体把我们带到那里。

那不是爱的唤起了爱。

那不是爱的熄灭了爱。

爱掌握我们所知的一切。

激情常被人称作爱,

最初也让一切焕然一新。

激情明显是条小路

但不会带我们抵达爱。

它开启我们精神的城堡

让我们可能找到爱——

藏在那儿的一个谜。

爱是许多大火中的一种。

激情是许多木头燃起的一种火,

每种木头都释放独特的气味,

让我们知道了这许多种

不是爱。激情是纸片

和小树枝,它们点起火焰

但无法维持。欲望自灭,

因为它试图成为爱。

爱被胃口日渐蚕食。

爱不持久,但它不同于

不能持久的激情。

爱凭不持久而持久。

以赛亚[1]说每个男人都为自己的罪

行在自己的火里。爱允许我们

行在我们独特心灵的美妙音乐里。

---

[1] 以赛亚(Isaiah),公元前 8 世纪犹大希伯来人的预言家。

寻找某物

我说月亮是马在冲淡的黑暗中，
因为马离我最近，伸手可及。
我坐在国王的电报员在山上建造的
这幢旧别墅的露台上，俯望
一片碧蓝的海，和那只白色小渡船，
每天中午它缓缓驶向下一个岛屿。
美智子在我身后的屋子里奄奄一息，
长窗子开着，这样我就能听到
她弄出的微弱声音，当她想要
咂一下西瓜，或者让我把她抱到
那个高天花板房间一角的小桶边，
那是我们最适合当便盆的东西。
她坐下时靠着我的腿，这样
就不会因为虚弱而摔倒。
靠得那么紧，多么陌生而美好。
她双脚的弓形像孩子们

在柠檬树丛里呼唤的声音,我的心

在那里无依无助如鸟儿被压碎。

普洛斯彼罗没有了魔法[1]

他用心保持山谷这般样子。
凭着专心,能干,兢兢业业。
否则,葡萄园里会有
大如狗的苍蝇,完全由蛆做成的牛,
伴着机器和画布的残酷,吃吃窃笑着
在橄榄树与壮阔的大海之间。
他努力让它完好,这八英尺的天堂
就在长着天竺葵和罗勒的井边。
他会快活的,即使那个牧羊女孩
傍晚时不再经过。无论她是否
在复活节吃了自己的羊羔。他知道
孤独是我们的手艺,死亡
是上帝的抽头。他并不凭无辜
或忽略万物而保持它完好。

---

[1] 普洛斯彼罗(Prospero),莎士比亚戏剧《暴风雨》中的主角,旧米兰公爵。

寻找欧律狄刻

俄耳甫斯如今做这事太老了。他有名的嗓子已消失,

他的生涯已成过去。那些爱与悲伤的歌曲

再无益处。没有人听。仍然,他悄悄地

带着他残破的乐器。但不是为欧律狄刻,

甚至不是为了歌唱的快乐。他歌唱,因为

这是他一直做的事。他歌唱在炎热的

萨克拉门托[1]乡村,有两位年老的葡萄牙男人。

歌唱他们如何每年都露面,虚弱,穿着

他们的贫困所许可的好衣服。那位丈夫每次

都被惹怒:他们来看他的七十岁的

妻子——很久以前,当他们贯通

最早的铁路时,在所有妓女中

她最漂亮。不耐烦,但一言不发,他让他们

小心翼翼地把她带到楼上,给她洗澡。他

---

[1] 萨克拉门托(Sacramento),美国加州首府。

并不明白他们溺爱的昏花老眼究竟能看到多少她那掩藏在清水里的光泽闪耀的美。

去那儿

这当然是一场灾难。
那无法承受的、最珍爱的秘密
一直是场灾难。
我们试图离开时的危险。
此后一遍遍地考虑
我们本应该做了的事情,
而非我们做过的。
但在那些短暂时光里,
我们似乎活着。被误导,
被误用,被欺骗,
毋庸置疑。但仍然,
在那片刻间,我们瞥见了
我们可能的生活。

余音萦绕

那是在教堂的耳堂,石头间的
冬天,昏暗的灯光照着琳达,
那时她说,听。听这儿,她说。
他把耳朵贴到那扇巨大的门上,
果然有精灵在里面唱歌。后来他到处
寻找。在马德里,夜雨中他听到有钟声
在某处响起。小心翼翼地穿过
杂乱的巷子,他离得愈近,那声音
愈低沉有力。在广场不远处,充溢了
他整个人,而他转过身去。不需要
看到那只钟,他想。他正试图发现的
不是那只钟,而是遗失在我们
身体里的天使。"思"构成的音乐。
他渴望知道他听到了什么,而不是离得更近。

寻找匹兹堡

狐狸轻轻挪动,盲目地穿过我,在夜间,
在肝和胃之间。来到心脏这儿,
犹疑不定。思量,然后绕着它走。
试图逃脱我们暴力世界的温柔。
继续深入,寻找匹兹堡在我体内
留下的残迹。铁锈斑斑的工厂,庞然大物,
匍匐在三条河边。它们的威严。
我们曾每晚在那儿玩耍的砂石弄堂
被总是耸向天空的地狱染成粉红,
似乎基督和圣父仍在塑造着
这尘世。机车驶过冷雨,
堂皇而野蛮,浑身是劲。大水
日夜流过这座腰束着
九十座大桥的城市。丰伟的肩,
溜亮的腿,顽固而威严,不可屈服。
所有的紧握与奔流,浩大的吸吮和根深蒂固的优雅。
一座砖头和腐木的城市。阉牛和君王的气度。

原始的匹兹堡。冬季一月又一月述说着
死亡。美如同粗蛮一样驱策着我们。
我们的精神在这荒蛮中锻造,我们的思想
由心塑造。就这样造出了一个美国。
狐狸看着我一次又一次建造我的匹兹堡。
在巴黎比特肖蒙公园的那些午后。在希腊岛上
布满石头的旷野。有时,和女人一起在床上
在她们的温柔乡里。如今狐狸将住在我们
残破的房子里。我的西红柿成熟了,在野草
和水声里。在我严肃的心造就的这幸福之地。

婚 姻

从葬礼回来,我在房间里
四处爬着,哭着,
找妻子的头发。
两个月里,从下水道,
从真空吸尘器,从冰箱下面,
从衣柜里的衣服上。
但其他日本女人来过以后,
再无法确定哪些是她的,
于是我罢了手。一年后,
移种美智子的鳄梨树时,我找到了
一根长长的黑发缠在泥土里。[1]

---

1 有评论者注意到这首诗共 11 行,对应他与美智子的 11 年婚姻(1971—1982)。

阐释曦光

那只老鼠小心爬上

一棵桑葚树,当接近

葚果时,枝条变得

细弱而危险,她慢下来。

她想采的那只葚果那么熟,

几乎没有红色。普洛斯彼罗

想起克里斯托弗·斯马特[1]说过

紫色是开花的黑色。她抬起嘴,

靠近葚果,伸长。

颈部是一段雅致的灰色。

一千种色调,克里斯托弗写道

在疯狂的人们中间。从白色到银色

有一千种色彩。

---

[1] 克里斯托弗·斯马特(Christopher Smart,1722—1771),英国诗人。

钢吉他

宣告这世界的,是高处巉岩上
香蒿和鼠尾草的气味,和更高处
蓝天里的白鸽。或是下面橄榄树林里
女人和女孩的微弱声息,以及下方光亮的海。
像在亚拉巴马阅读《失乐园》时关于内衣的
想法。或是那个匹兹堡男孩九岁那一年的
夏天,逡巡在锈迹斑斑的铁路堆场附近——
他们在那儿支起巨大的帐篷,一个男人拿起
带链的铁砧穿过螺纹接套。男孩倾听
那让他颤抖的声音,当他使劲地跑过
新锯末,再次看到他头顶的平台上
有两个女人,懒散而几乎赤裸地
在朴素的天光里。现实摇摇欲坠
当他观察她们描画过的眼睛,沉思
其中包含着什么。他依稀明白了:并非
她们的肉体,而是肉体另一面的某物才构成了
一个谜。此刻正回忆男孩的那个男人知道

有一扇门。我们穿过，听到一个声音
像建筑物在燃烧，像黑暗中一块石头撞击
一块石头。一颗心在富足中被雨水和需要
锤打，被一瞬间所是之物的重量锤打。

在农场之间康复

每天上午,那个悲伤的女孩带三只羊
和两只羊羔,无精打采地到山谷顶部,
经过我的石头小屋,到山上吃草。
去年她到了十二岁,父亲把她
从学校里带走,是合法的。她知道
她的生活结束了。悲伤让她娇弱,
让我高兴。她破旧的红毛衣
让整个山谷鸣响,让我的隐居闪光。
为她着想我从暗处观察。知道我在那里
会让她难为情,却是她日子的焦点。
傍晚经过时,她总是朝下或朝一旁张望。
除了有时候,当走到远处甘蔗林的后面
刚好走出视线之前,她会快速地
回头看。那距离太远,我看不清楚,
但如果她转过脸来,就会有片刻的白色。

精神和灵魂

本该是家人长久。

本该是我的妹妹和我的农民母亲长久。

但不是。他们是爱,

不是旅行。本可能是我的父亲,

但他死得太早。乔尔美蒂和格雷格

和美智子长久。是崭新之我,

和此后的崭新,和再次的崭新。

是重要的爱和严肃的欲望。

是匹兹堡长久。钢铁和雾

和青砖房子。不是肉末婶婶和珍珠婶婶,

而是许多个黑白冬天戴着它们的围巾

和地质学的漫长寒冷。街道被冰

撕开,像受伤的野兽出现,当

雪终于在四月离去。带着蒸汽火车头的

货运火车在夜晚工作。

十字军规模的许多夏天。当我还是个孩子,

我看见城中心一架巨大的照相机矗立在

威廉·皮特旅馆的面前,或者指着康夫曼

百货大楼。通常在半夜左右,

但依然人来人往。照相机设置

很慢,足以让汽车和人们不留下痕迹。

罗马、东京和曼哈顿的人群

不长久。而佩鲁贾的空旷街道,

我在科斯岛[1]上的两碗豆汤,和

枇杷蓬·乍仑蓬[2]长久。丹麦的安娜

她朴素的裸体永远在我心里。我十四岁时

高地街上湿漉漉的紫丁香。双手抱着

死去的美智子。这与精神无关。

精神起舞,来了又去。但灵魂

钉在我们身上,像扁豆和肥腻的腌肉暂放

在肋骨下。得以长久的是灵魂所吃的。

就像一个孩子认识世界的方式,把它

一点一点地放进嘴里。正如我努力啃咬

---

1 科斯岛(Kos),希腊岛屿,靠近土耳其的哥科瓦海湾。

2 枇杷蓬·乍仑蓬(Pimpaporn Charionpanith),吉尔伯特在泰国时认识的一个女人。

进入上帝的道路,竭力把我的心
顶着那颗心。夜里躺在麦地里,
让所有干旱月份之后的雨水淋湿我。

看看接下来发生什么

在这山谷的顶部什么也没有。
天空和早晨,寂静,以及烈日照在
遍布的石头上发出的干燥的气味。
山羊偶尔出现,公鸡的声音
在明亮的火热里,他在那里和死去的女人
和纯净生活在一起。想要看看是否
接下来发生什么。想知道是否他已经拖延。
他想,也许这就像能乐:无论什么时候
剧本说跳舞,演员接下来所做的无论什么事情
都是跳舞。假如他静静地站着,他就正在跳舞。

倔强颂歌

这一切。床下那个神志清醒的女人
和那只老鼠——正在舔食她为他放在
她门牙上的花生酱。加尔各答的乞丐们
蒙住他们孩子的眼睛,当某处有富人
和著名的朋友吃饭,有流水叮咚
在他们的漂亮房子里。美智子葬在镰仓。
疲倦的农民一整天在驴子的蹄子下
打大麦,在太阳不仁慈的力量里。
美丽的女人变老,我们的心变得温和。
我们所有人都亏缺,知道事情原本可以不同。
当戈登从精神病院出来,他无法
找到海顿道别。当他离开时经过八厅
他看见地下室窗户里的那张脸,
泪水流下双颊。而我说,且罢。

雪中思量

青春过后有一段时间,
此后还有一段时间,他快乐地想,
当他走过冬天的树木,寂静中
听到远处一只啄木鸟。
想起他的中国朋友
她十八岁时,她哥哥送给她
一只汉代的玉环。
两周后,当她匆忙走上
香港一座桥的台阶时,摔了跤,
那只千年的玉环摔碎在水泥地上。
当她告诉他时,傻呆状,
眼泪顺着脸往下流。他却说:
 "不哭。我再给你更好的。"

破败与拙朴

说实话,斯托维尔[1]是野蛮的。
甚至精致的妓院大厅也爬着蟑螂
和蠹虫。街道污脏性也乱糟糟。
但在富兰克林在立伯提在伊伯维尔
盖着护墙板的破旧建筑里,倒有新花样。
整个娱乐区,你能听到托尼·杰克森
和金·奥立维,莫顿和波切特,听到他们
一夜又一夜。像贝洛奇[2]的人像摄影
在埃及温尼塔和玛丽肉铺、科拉大婶
和金牙谷茜[3]中间发现的梦想。把那些废墟搞对
费时长久。日本人觉得我们给破旧的木屋刷油漆
很奇怪:因为要花很长时间才发现它们的
拙朴之美。在勇敢的盛开结束、树叶飘落之后

---

[1] 斯托维尔(Storyville),新奥尔良从前的一个娱乐区(1897—1917)。

[2] 贝洛奇(John Ernest Joseph Bellocq, 1873—1949),美国职业摄影师,以拍摄斯托维尔的人物出名。

[3] 埃及温尼塔和玛丽肉铺、科拉大婶和金牙谷茜,均为人名(绰号)。

他们更喜欢盆景树。那时，光秃秃揭示着从植物奋争向上而产生的一种品质。

订 婚

你听见自己走在雪地上。
你听见鸟的缺席。
一种寂静如此完整,你听见
自己内心的低语。孤独
清晨复清晨,而夜晚
更孤独。他们说我们生而孤独,
孤独地活孤独地死。但他们错了。
我们因时间、运气或不幸
而抵达孤独。当我敲开
那根冻结在木堆中的圆木,
它发出完美的天籁之音,
纯然地传过整个山谷,
像一只乌鸦不期然的啼叫
在黎明前更黑暗的尽头
将我从人生中途唤醒。
黑白的我,匹配着这淡漠的
冬日的风景。我想到月亮

片刻后就要出来,从这些

黯淡的松树间,寻找白色。

试图让某些东西留下

当我去那儿的时候,有一种
对悲伤的巨大的温柔。她知道
我多么爱我妻子,我们没有将来。
我们像濒危的伤者互相支持,
等待着结束。如今我疑惑
我们是否明白那些丹麦的下午
是多么快乐。大多时候我们不说话。
通常我照顾婴儿而她做着
家务事。给他换尿布,逗他笑。
每次把他高高抛起之前我会轻轻说
匹兹堡。我的嘴贴着他的小耳朵
低声说匹兹堡,然后把他
抛得更高。匹兹堡和快乐高高向上。
留下哪怕是最细微的痕迹的唯一办法。
这样她儿子在整个一生中都会无法解释地
感到高兴,当任何人说起那座衰败的

美国钢城。几乎每次都会记起

已经遗忘但也许重要的某些东西。

在石上

和尚们祈求生活过得更为严酷,

住到山上更高处挖的地洞里。

但只有被偏爱者才被许可

过那种瘠薄的生活。方丈送来的

枫糖水和蛋糕实在太甜。

对快乐的一种朴素的误解

缘于缺乏经验。我从三十英尺的

石头上提水,一步步向上。

我的煤油灯燃着一种矿物的光。

心智及其凌厉在这儿的沉默中生活。

我梦见女人和饥饿,在我的

可能由花岗岩构成的山谷里。像太阳

一直将这片土地锤打,变成石榴

和葡萄。夜里,干涸让位于

罗勒的香味。否则,石头

以石头为食,再生为石头,

而心渐衰。雅典娜的猫头鹰

嚎叫着，穿透荒凉，无物应和。

相对程度

我正带着补给品返回山上,
这时我听见了孩子们的笑声,
真是奇怪,在那么荒凉的地方。
挤身穿过灌木丛和矮柳树,
看见一间破损的农舍,女孩们
衣衫褴褛。她们装好了一架秋千,
似乎正玩得很开心,
好像她们不知道还有更好的。
没有办法衡量,我想,
回想起弗吉尼亚的那个男人,
他发现了一栋破损的八角楼,
把它修缮一新。几个月里
他走遍那些空荡荡的大房间,
想知道它们原来的样子。
直到在阁楼里发现一把破椅子,
修补好颜色和脱落的地方。发现了
几分那房子里的生活,也许。

陌生人给我们留下诗歌，讲述

他们爱过的人，以及如何伤心欲碎，

或悄悄述说信仰，在楼上的黑暗里，

有时在起居室炫目的阳光里，

在树下，伴着八月的雨水滴落

在尚未适应的无遮的身体上。

1953

一整夜在爱荷华咖啡馆。周五晚上
农场男孩刚领了工资。
俊美的身体和洁净的面孔。他们
都以喝醉为骄傲。没有恶意,
只是精力旺盛。隔壁桌上,他们
几小时地谈论车,朋友们来了去了,
打招呼。那个长着阴郁面孔浅色头发的
一直在谈论他几年前就有的
那辆雪佛兰,它如何能
瞬间搞定一切。
叹息说他根本不该卖掉它。
他不是给老汉克看过吗?我敢打赌!
那个七月四日,谢维狄恩
搞了太多的爱国热情和啤酒,
又沿着河边走,拿出一些
给每个人喝。汉克那么沉迷,因为
我离开时他站着似乎没动一下。

那是最好的车,根本不应该让它走。泪滴到他蛋蛋上。

孤 独

我从未想到美智子死后还会回来。
但如果回来,我知道
应该是一袭洁白长裙的淑女。
真是奇怪,如今她回来了
是某个人的达马提亚狗。几乎每周
我都遇到那个男人带着她散步,
系着皮带。他说早上好,
我蹲下来安抚她。有一次他说
她碰到别人时从没有这样。
有时她被拴在草坪上,
我从那儿经过。如果周围
没有人,我就坐在草上。当她
终于安静下来,把头放在我膝上,
我们凝视着对方的眼睛,我喃喃私语
在她柔软的耳边。她毫不关心
那个秘密。她最喜欢我抚摸
她的头,给她讲些琐事

关于我的日常生活和我们的朋友。

这让她快乐,像过去一样。[1]

---

[1] 我觉得克尔特人的信仰很有道理,他们相信我们失去的亲人的灵魂,被囚禁在某个低等物种,比如说一头野兽、一株植物或一件没有生命的东西里面,对我们来说,它们真的就此消逝了。除非等到某一天,许多人也许永远等不到这一天,我们碰巧经过那棵囚禁着它们的大树,或者拿到它们寄寓的那件东西,这时它们会颤动,会呼唤我们,一旦我们认出了它们,魔法也就破除了。([法]马塞尔·普鲁斯特《追寻逝去的时光(第一卷)》,周克希译,上海译文出版社,2004,第48—49页)

掺 杂

Bella fica!（意思是好女人、好性），
在利伏诺[1]后街那个妓女说道，一边还
骄傲地拍着胯部，当一个男人试图跟她砍价。
布雷多克，那位重量级拳击赛世界冠军，
当乔·路易斯正摧毁他时，血冒了出来，
他的经理人在回合之间想停止比赛，
他却说：我在赛场上赢得冠军，
我也将在赛场上失去它。接着受了更多伤，
果然输了。所以，将这个巨大的地球
保持在空中的风，是一直在吹吗？
为此，鸟儿有时歌唱并无目的。
我们珍惜污损的旧剧场，是因为那儿
某些时候发生的事情。三十年代的柏林。
曾有花团锦簇绕着痛苦中的耶稣

---

[1] 利伏诺（Livorno），意大利西北部一个海港城市。

在客西马尼¹。主看见一切,他看到

它是好的,纵使一切都不好。食具

污脏。达豪集中营²的女人们知道她们即将

被毒气杀死,当她们推出那个想和她们

一起去死的纳粹卫兵,说他必须活着。

门关上后她们又唱了一小会儿。

---

1 客西马尼(Gethsemane),耶路撒冷的一个果园。据《圣经》记载,耶稣在上十字架的前夜,和他的门徒在最后的晚餐之后来此处祷告。(《马太福音》第26章36节,《马可福音》第14章32节)
2 达豪集中营(Dachau),纳粹德国所建立的一个集中营,位于德国南部巴伐利亚州达豪镇附近。

有什么要说?

在天堂,每一个新的清晨

他们说什么?他们也会

厌倦一个人总是唱着

天堂里的绿树

是多么的

绿啊。

每次看到海伦经过

都欣喜不已

看来当然是

惯例和爱慕,

既然她每天

都经过。

我还能说什么,每一次

你的洁白在夜里

亮丽风行?

如果每次你放开

嗓门，如此切近

在那新的

黑暗里？每天清晨我能说什么

你听了以后才会

相信？但仍然有这个

执拗的外省的

歌唱在我心里，

噢，每一次。

普洛斯彼罗梦见阿诺特·丹尼尔[1]
在十二世纪虚构爱情

让我们从生活在大山
更高处的那些鹿中,捉住一只。
用笛声把它引诱下来,或从直升机上
套住它,或只管用一支 .30-30 步枪
猎取。不管怎么说,我们捉住了一只。
然后我们从它的屁股里向上摸索,也许
让我们发现一小块腺体什么的,
那能制作见鬼的什么好香水。
值得一试。你永远不知道。

---

1 阿诺特·丹尼尔(Arnaut Daniel),12 世纪欧洲游吟诗人。

主的尚食[1]

不是说事实,而是说这条河在冬天

和它在六月,像是两条河。

我们感到它奔流过我们的本性,水

散发着刚好春天前的潮湿腐烂气息,

而我们称之为爱,头脑中的一派荒野。

作为女人们的食粮的地中海之光。

它整个是偶然。此版本之我

不同于作为向量积[2]的彼版本之我。

身体是精神的一个条件。

雪在中午时从松树上轻轻筛落

让寂静更响亮。一阵歌唱的

喧闹,当我们穿过礼仪的边界

进入心的一种滋味。我们每个人都被别人

---

1 尚食(Taster),中国古代一种官名。古代皇帝设尚食,"凡以饮食进御,尚食先尝之"。诗人暗示上帝,我们的主,必得通过我们来品尝生活。

2 向量积(vector product),又称叉积、外积,是一种在向量空间中向量的二元运算。

调节,以更真实之我的方式改变。
我们进入秘密,伴着黎明时投下的
暗影。像一座在阳光下着火的房子。
我们使得上帝最终理解了
坐在树林里迷惑于月光的你,和
在空空农舍煤油灯里唱歌的你,
两者之间有所不同。两个你。

中午举着火炬

男孩放学回家,发现一百盏灯

塞满了房子。灯到处都是而且都亮着,

尽管夏季的光从漂亮窗户透进来。

每张桌上两三盏灯。灯在椅子里

在地毯上甚至在厨房里。更多的灯

在楼上甚至在最高的楼板上。都燃烧着

通亮,直到警察到来把它们取走。

过量的光在他内心持续了很久。

那天的灯火辉煌,于他的心成了

一个基准,于他的胃口成了

一个蒲福风级[1]。它的野蛮和喜悦,

他内心的非法,放大了他走近时

巴黎清晨的谨慎的闪烁,和每天夜里

他穿过那些石桥回房间时

塞纳河黑暗的闪耀。多年后

---

[1] 蒲福风级(Beaufort scale),英国人蒲福 1805 年根据风对地面或海面物体影响程度而定出的风力等级。

依然这样，当雪飘过一个冬日下午
伤痕累累的灯光，他站在狭窄的街道上
告诉安娜说他将离去。这一切是一束光
超过了任何人的控制力。马萨诸塞的阳光
舒适地躺在枫树上。他体内那些匹兹堡的灯
让它看起来也许不够好。

一年后
——为琳达·格雷格而作

从这个距离看,他们站在海边
微不足道。她在抽泣,身穿
一袭白裙,而婚姻几乎结束,
在八年之后。周围是岛屿浅平
无人居住的一侧。海水碧蓝
在清晨的空气里。当初来的时候
不知道会如此结局,只有他们两人
和沉寂。一种纯粹看似美丽
对人们来说太难。

远望当思

在鱼山,她转过身
不看那座庙:他们在里面
到处都绘着天堂的图画,
也让一个仅仅祈求不再活下去的
群体,能够设想所渴望的。
她正凝望着一棵树。
下面一处地方,这个男人
和这个漂亮女人将在那儿吃冷面
几乎是在外面,大热天。
那下面有急流的声音,
一个赤脚女人在旁边敲打
湿漉漉石头上的一只章鱼。再过去
是变得开阔的山谷平地,面向
一片盛开黄花的芥菜,和
寂静黄昏里从巨大的农屋直直
升起的炊烟。他们将从那儿
缓慢走过这一切,并不

多说话。一个小小的他
和一个更小的长长黑发的她，
如此幸福相伴，正开始那次
向着她死亡之地的旅行，留下他
凝望着她的背：她正转过身
凝望着一棵小树。

分 解

"赤脚的农家女孩身着丝绸长裙",他想。

指的是玛丽·安托瓦内特[1]和凡尔赛的

贵族们在真实世界里玩乐。

想象着贵妇们精致的诱惑

和她们遵从时娇柔无力的淡漠。

"矫揉造作的过度",他嘀咕着,记得

现代日本的书法家竭尽全力

表现出深思熟虑的草率。他仍然

在等待他奇怪的心变得温和。

"爱是两个灵魂的融合,"他想,

"肉体正渐渐变亮而后透明。

谁能应对那些?像夏天的湖泊

正透过松林闪烁着。"

《传道书》说:凡事皆有定期,

抛掷石头有时,堆聚石头有时。

---

[1] 玛丽·安托瓦内特(Marie Antoinette,1755—1793),奥地利公主,后为法国王后。

他曾经想知道抛掷石头的

合适机会,即使它可能意味着

欲望。他想知道枇杷蓬是否已经回到

她的村庄,正在画丛林和架在木桩上的

柚木房子。设法把这些

当作真实世界来理解。那么晚才想了解她。

他想起他杀死的许多硕大的老鼠

当他在那些周日空荡荡的、洞穴一般

氖火昏暗的钢厂里。记得在冬夜

把它们堆起来,每只的重量,一只

又一只。白雾在外面黑色的河上。

天堂乳汁

在斯佩隆加[1]下面的海滩,其他每个人
都说意大利语,炎热中慵懒的天堂一般。
他试图从中理解些什么,仿佛
有什么正在上演。仿佛
有什么需要发现,在乳房醒目的
裸露中。他思索什么多半是真实的,
并对此追踪。于他不相称地要紧
当他转身,突然看到大海。
他观察这个下午,仿佛它曾经
有个秘密。数年里他都将思考
旁边这两个女人:他们决定在那家
背靠悬崖的餐馆里吃午餐。高个女人
捡起她的帽子,试着戴上
当他们出门。但它乱糟糟的,
她懒散地把它交给漂亮的那个,

---

[1] 斯佩隆加(Sperlonga),意大利拉蒂纳省的一个海边城市,位于罗马与那不勒斯中间。

后者戴上它,当他们随意地走远
进入渲染万物的地中海光亮。

受赠之马[1]

他住在荒凉之地,死气沉沉的地方
和可以忽略的乡村。都没有地址。
但魔鬼仍然找到了他。杀死妻子
或是毁掉婚姻。公布每一处地方,
让它众所周知,让它更好,让它不能
继续使用。带来朋友的消息,全都受挫。
大多是生病或无缘由地悲伤。
给他看旧电影里美女的照片:
她们光彩熠熠的脸十六英尺高,朝外看着
那个男孩,他正在黑暗中成长他的心。
又带来她们现在模样的照片。说
她们多么勇敢而有活力,尽管年老。
正带走一切。因为魔鬼是奉命
来伤害,惩罚:让我们损失,让我们知道
所有美好的事物怎样一点一点地

---

[1] 受赠之马(gift horses),出自谚语"受赠之马,不须相口"。

被损毁。但仍然,他允许我们吃烤羊肉
在帕罗奇亚[1]的山上。让我们第一次
毫无准备地,在月光里,跌倒
在帕拉第奥的建筑上。也许因为他并不
擅长他的工作。我相信他爱我们是违背了
他的意愿。因为女人们,以及男人们怎样
努力倾听她们的内心。因为我们从树木
和机车,诠释了某些重要的东西,
在七月一个酷热的午后闻到草,而变得强大。

---

1 帕罗奇亚(Parikia),希腊帕罗斯岛的首府和主要港口。

与生俱来

他无羞地快乐,当感到某物
在他体内。他带着柴禾艰难向上
穿过松林,又向下返回。
冬天就要到来。玫瑰和黑刺莓
凋萎了,鸢尾花此前已不见踪影。
园子里豌豆枯死而豆子
几近覆没。他的番茄终于成熟。
他体内的某物与其相似,也将
回来。一件旧物,危险之物。
于他格外珍贵。他经常在黑暗中
遇到那只浣熊,靠扔石头结束。
那只浣熊落在一棵树后面。又过来,
小心而凶猛。它半路停下。
他们在微弱的星光里站立对视。

神的洁白之心

裸露的树林里,飘落男人周围的雪
像天堂的灰烬,来自神的珍珠母
的冷火,和高贵如月的心脏。
同情但不仁慈。他的严厉
解析我们。这般生活的不舒适:
没有鸟,在无叶的枫林间,
让死亡和世界变得可见。不是严酷,
而是这种方式:世界能够因抵制它
而被了解。感到有物在往回顶。
冬天的洁白与这条河结婚
让水看起来是黑的。河水实际上
是沿着精神的大理石回廊摆放的
巨大镜子的颜色,镜子空无
一物。那男人正在做一年的账目。
找出余额,试图估算他已经
被翻译了多少。因为它确实翻译了他,
或好或差。正如树林被季节

翻译。他正在搜索主的
一条底线。他搜索着,像盲人
往前走的时候把一只手伸在前面。
像那个在大池塘上冰钓的拖车司机
设法从钓线来获知下面有什么。
那男人关注任何可能会宣告耶稣的
信号。他希望有哪怕最细微的证据
表明主的最少的丰富在场[1]。他测量
带着慈爱,唯恐发现一颗比成熟
更古典的心。盼望蜜,盼望爱的蒸馏器。

---

1 "耶和华啊,你所造的何其多……遍地满了你的丰富。"(《诗篇》104:24)

野上美智子(1946—1982)

因为永远不在了,她就会
更清晰吗?因为她是淡淡蜂蜜的颜色,
她的洁白就会更白吗?
一缕孤烟,让天空更加明显。
一个过世的女人充满整个世界。
美智子说:"你送给我的玫瑰,它们
花瓣凋落的声音让我一直醒着。"

包 容

男人在她的上衣里寻找什么?
他与她的身体已相处七年
仍然惊讶于她纤细双足的
拱形。仍然专注地
顺着她的脊椎摸索,寻找
骨盆带的骨头,当他到达那里。
她的肉体在阳光里明亮,然后不亮
当他倾身向前和向后。毕加索在他后期
版画中把自己画成一个怪诞的画家
紧紧盯着床上一个两腿张开的
西班牙女郎,年长的黑衣保姆
在一侧。他每天熟悉裸体
已经六十年。那儿还能有什么
需要去发现?但即使那时他仍然乐于
接近那遥远的,遥远的间歇。
像一架钢琴在演奏,依稀在二楼
后面房间里。音乐似乎熟悉,但并不。

蒙恩时刻

莫金斯厌恶跟安娜怀孕有关的一切。
说都是些男人不想知道的器官和液体
什么东西。生产后,对她的奶味
他那么心烦意乱,干脆把他夏天的授课
转到了丹麦的另一处。后来我们做爱时,
宝宝开始哭叫,我过去把他抱来。安娜搂着
男孩,当我们继续,直到她没了力气,
于是我轻轻抱着他的光身子,靠着我睡,
当我们完成了最后阶段。在后来的快乐中
我们两人吮吸奶水,我们的头
轻靠在一起,在灿烂的黑暗中多么盲目。

上帝和我一起

上帝和我一起坐在门前,看着
一阵甜蜜的黑暗在旷野升起。
我们试着判断我是否孤独。
我讲述凌晨四点醒来,想起
那男人对露易丝女儿的所作所为。
而当我走到外面,没有月亮。
他说也许我正在衰老。
说穷困潦倒正从我身上剥夺太多。
我说我挺好。他要听勃拉姆斯。
我们看着大海退潮。磁带再次结束
而我们继续坐着。无话可说。

变老与衰老之间

我醒来像只流浪狗。
不属于任何人。
冷,冷,又下起雨。
友谊都已过期或荒废。
而爱,尊敬的神,我爱过的
女人们,如今只记得名字:
死去的,分手的,衰老的。
柔情越来越危险。
生活在乱石和荒草间
以此戒备智慧。
孤身一人,心嚎叫着,
拒绝让它仅仅觅食于
爱情。躺在黑暗中,
歌唱着难以抑制的
种种幸福。

男人简史

它在橡树里乱窜,在榆树上飒飒作响。
理解了纯洁又迅速加以拆解。
把困惑的孩子们送入生活。童年
结束但并未被埋葬。年轻人一骑冲出
又坠落,马儿踟蹰远去。他们
登上船,顺流而下,撞见少女。
与她们结合,虽然无意于此,无意伤害,
语言在他们之外。于是一切结束。
离婚让他们无处可去。他们渐渐离开
被毁掉的女人,视而不见。看见鸟儿
高飞,追随。"出于耳力所及",他们想,
并不明白"耳力所及"。历史驱赶他们前行,
发出喧闹声,像风在槭树林里,像女人
穿衣打扮的声响。它终于蜇痛他们的心。
它唤醒他们,困惑,在他们的生活中间
在裸露的小岛上,大海碧蓝而空阔,
日子一直绵延到天际。

老妇人

岛上的每个农民都把蜂箱
隐藏在山上很远的地方,
他们知道,不这样就会被劫掠。
当他们过世,或是再无法进行
这艰难的攀爬,那些遗失的蜂巢
年复一年因蜂蜜而越来越重。
而蜂蜜也越来越深地
染上了荒野的味道。

超 越

飞起，横穿，向前。
经历，足够的深入。强入，
寻找道路，居于心脏
又超出这些。最终认识到
抵达与居于其中并不一样。
认识到吾人所为并非吾人所正为。
我们为苹果而进入果园。但我们
带回的是林中一日，以及气味，
凉爽，斑驳的光线和时间。季节
和天鹅正在远去。永远是永远是
要来临的死亡，而此前是衰老
之耻辱。但与之同时，树木
因果实成熟而沉重。我们试图参观希腊
却发现我们自己在那个无意义的中午
站在野豌豆和葡萄中间，正在分解
当夜从大地优美地升起
而上帝屏住了呼吸。远处，传来轻微的

水桶的碰撞声,是一个农民,她正从井里提起饮牲口的水。

不 忠

他站在黑暗的院子里冻僵了,向上看
他们明亮的窗子。自从搬走后,他这样
已经几个晚上了。因为许过诺,他并不
上去。他正想着那一天,她刚刚
从医院回来。那时他们不认得她,
他往下看,因为她声音里的那种幸福,
那时她和她丈夫正穿过院子,一边
说着话。她看见了他,咧嘴笑笑,举起
新出生的孩子。如今终究最后一次了。
他终于敲了门。她打开门时,眼睛睁大了。
用眼神示意丈夫在家里,当她
解开上衣扣子。他喃喃地说他的手
太冷了。这样我以后想起时会好些,
她说,一边把它们放在她贴身,眉头紧锁,
两眼因爱而迷乱。他离开时正下着雪,
街道狭窄,偶尔被商店橱窗照亮。
明天他将和他妻子在火车上,注视着

雪地上的影子。去南方寂静地生活

伴着完美的夏季天空和璀璨的爱琴海。

亮点与空隙

我们以为漫长一生大多是例外
和悲伤。婚姻（我们想起的是孩子），
假期，还有急事。不寻常的部分。
但最美好的，经常是无事发生时。
像一个母亲抱起孩子而几乎没有
注意，带着她穿过沃勒街，
一边与其他女人聊天。将会怎样
如果她能继续这样？我们的生活发生
在难忘之事的间歇里。我已经失去二千次
和美智子惯常的早餐。我对她最怀念的
是我再也回忆不起来的那种平淡。

桃子

轮船下沉,每个人失踪,或是正舒适地
生活在西班牙。他发现自己在空虚的
边缘,心不在焉,而到处炎热。
沿着海滩只有简陋的木屋,里面没人。
那首歌他听过许多次,此刻听到的
只是音符之间的空白。他站在那儿,
回想起桃子。奇怪、几近灰色的那种,
他带回家时只有一丁点儿味道,而且
那一丁点儿也不太好。但人们之所以买它们
必定有某种原因。所以他决定做果酱。
当他嗅到烧焦的味道时,它们已是黑色。
刮出一团糊糊,很高兴地吃光了。
发现自己居然在舔汤匙上沾的硬皮。第二天
他已经吃光了剩下的,还不能确定他喜欢
与否。而此后再没能见到它们的影子。

音乐是关于从未发生之事的记忆

我们停车去吃奶酪、西红柿和面包,

如此美味,让我显得傻帽。和我一起的女人

想走完阿维农之囚[1]时期的

教皇宫殿。哈兹利和斯特恩说他们正打算

去妓院。这话让我惊讶了两次

因为那时才下午两点钟。

女人和我去了空荡荡的宫殿

然后跟他们碰面,驱车前行。他们说起

那家妓院里多么整齐干净,

而且所有男人和大多女人居然

曾在一起读四年级。我记得

他们说起这事的温和方式,但不记得

关于上楼他们说了什么。我惋惜的

不是去了一座没有留下丝毫历史气息的

空空的宫殿。甚至不是那个梦——

---

[1] 阿维农之囚(1309—1378),罗马教廷被法国国王强制迁至法国阿维农,并受法国国王控制。

一个地中海女人正脱下她的衣裙，
长而蓬乱的黑发，或是洁白的
牙齿，当她在闭窗的房间里淘气地
对着那个年轻的美国人微笑。我惋惜的
是他们从七月的炎热里进去时的
那种清凉，每个人都在安静地交谈，
一边喝着家常葡萄酒，在那片应许之地。

选择

它半是宫殿，半是原始城堡，

泥土造的。一位严厉的男爵夫人的家。

其他都是男人，大多是老人，都是德国人。

当丹尼斯到来，把他们从他们的习性里唤醒了。

不是因为她让人兴奋，既然这些男人

只对男孩有兴趣。但很快他们就轮流

为她挑选戏服，展示她

在低凳子上，或半睡着在漂亮地毯上的

垫巢里。他们并不想让她赤裸

除非戴着首饰。总是诱惑她唱

跑调的混录歌曲，伴着如此明显的乳头，

起了皱褶的沉甸甸的裙子。这些主导了

许多夜晚。他们坚持让她讲故事

但并不听她在苏黎世长大的

漫无边际的讲述。有两个人感兴趣

她给《时尚》当模特的那一年。更多地响应

在巴黎的生活：精致的晚宴上

衣饰完美的男人和女人用手和嘴

和精致的银器向她示爱。

对这些德国人,颓废是普普通通的,

但当他们听出那些名字:贵族,画家,

和在那一季轰动一时的年轻的

女装设计师[1],就变得重要了。

对于那些夜晚,丹尼斯记得最清楚的

是它们如何结束。她和那个与她一起的男人

会各选一个小伙子到上面卧室去,

未被选中者发狂而悲伤地在他们身后

跟随着。多数人从未见过一个漂亮女人。

都没有见过白种女人。他们因失落

而绝望。当男孩们被赶出去,

他们使劲砸大门,一阵雷声回响

在空荡荡的走廊里。一些人四处走动

到她的窗户那一边。如蜜蜂般爬到

另一个人的背上,人搭人沿着墙成一条线,

六七人那么高。当一个人达到窗台那么高

他马上就摔下来了,因为看客挤得太密了。

---

1 原文为法语,中文以楷体表示。

一声长嚎和砰的一声,然后呜咽声
和狂吠又开始了。但她梦见的
是那些德国人第一次带她去河边。
极小的人形出现在远处。慢慢移动
安静地穿过沙漠,慢慢通过模糊的
热气。很快她就看到他们是多么年轻。
有一些骑着马。所有人都丢下他们的衣服
当离水越来越近。涉水,游泳
而过。那些黑马溅起水。停下
成一条参差不齐的线,等着被选中,
参加后面的选择。如今她梦想最多的
是在强大的空虚中那些一动不动的形象。
无言,闪光,从他们空白的面孔里盯着她。

美智子死了

他设法像某个人搬着一口箱子。
箱子太重,他先用胳膊
在下面抱住。当胳膊的力气用尽,
他把两手往前移,钩住
箱子的角,将重量紧顶
在胸口。等手指开始乏力时,
他稍稍挪动拇指,这样
使不同的肌肉来接任。后来
他把箱子扛在肩上,直到
伸在上面稳住箱子的那条胳膊
里面的血流尽,胳膊变麻。但现在
这个人又能抱住下面,这样
他就能继续走,再不放下箱子。

鬼 魂

今天早晨我听到嘈杂声,发现两个老人
正靠在我的葡萄园的墙上,向外望着
田野,没说话。我回到书桌前
直到有人提起了井的暗门。
是拄拐杖的那一位,正俯身往井里看。
但我有些恼火了,当那扇上锁的门啪啪响,
——里面是谷物和葡萄酒。走到厨房窗边
盯着他。他用希腊语说着什么。
我摊开双臂问他在干什么。
他解释说从前就在那儿长大。
说现在他们在老地方
走一走。用双手比画着讲。
他做了个结束的手势,用大拇指
侧边在另一只手上面蹭。我想
它表示再次来到这儿,他感觉到了多少。
我们微笑,虽然他是半个盲人。
后来,我的桶砰一声,我看到长得胖的那个

正在打水。他用另一只手仔细地清理
骡子的石盆。放回一块让鸽子
站上面的石头,又倒入刚提上来的水。
待在那儿,抚摸着刻在大理石上的旧字母。
我注视着他们慢慢走下小路,走出
视野。他们没有回望。打字的时候,
我留心听每个农场的狗叫,好知道
他们从哪幢房子往下一幢走。但沿着明亮的
狭长山谷的一路上,狗都没有叫。

相逢的伤害和快乐

我们以为是火在噬咬木头。
我们错了。木头尽力伸展
向火焰。火焰舐舔
木头珍藏的一切，木头
恣意享有这种亲密，
这情形正如我们和世界
相逢在每个新日子里。伤害和快乐
在相逢中。正如心
遇到不是心的东西，精神
邂逅肉体，嘴
遇到另一张嘴里的陌生。我们站立
望着我们花园的残迹
在十一月的黄昏，听乌鸦
远去，而初雪到处闪着寒光。
悲伤让心显现，一如
突然的幸福那样。

窗边的男人

他站在那里,困惑于快乐以及它价值
几何。那个修长的女人终于在床上睡着了,
汗水美丽,在她新英格兰的裸体上。
正当他朝那扇紧闭的窗户走去——
它后面的阳光耀眼,那时某件重要的事
发生了。他俯视,透过罗马的
百叶窗和科尔索大街的夏末
之间的缝隙,试图为它找到一个名字,
因为知道它不是爱情。也不是温柔。他随后
还思量过几次,那种随机的强度渐渐消失,
无法恢复。依然清晰的,是悲伤。
他精神内部的这种独特性牵系于
他如今无法想起的一种理解。当他被压碎,
他身体的每个微小的转变以剧痛追索出
那些骨头,让他的骨架在体内越来
越清楚。仿佛被泛光灯照亮的。如今他想起
在医院里,他宁愿从床上举起胳膊的

那种隐秘方式,这样小心地转动手,
以此找到可以忍受的空中路径,
在这里或那里发现疼痛正在消失的
一点点地方。或是寒冷和饥饿,当那个冬天
他整夜走在巷子里,沿着热那亚码头
一直到每个黎明,发麻的双手捧着
一碗热牛肚,他喝着汤,水蒸气
飘到脸上,泪水掺杂着幸福。此刻他打开
百叶窗,和其他窗口的百叶窗,
这样地中海的光就能照到她。绝望地
正试图破解那密码,趁着还有时间。

小奏鸣曲

她讲起当年美国士兵来到
岛上,精灵们如何愿意附着
到铁丝网上,观看他们的魁梧
和白肤金发:经常不穿衬衫,工作
在阳光下。与周围多么不同。
那样的纯真和欢笑,仿佛快乐和善良
再简单不过。还有他们的气味!
他们有种气味让精灵们颤抖
而渴望获得肉身。她说起精灵们
希望拿一根细长杆,月光下
象牙般乳白,悄悄穿过栅栏,
试图触到那些沉睡的人
他们心脏四周的那种洁白。

在山上搜寻木头

这里的荒蛮不是动物,树木繁盛的,
混乱的荒蛮。它是缺席的荒蛮。
荒芜,空荡,石头荒蛮。破旧的荒蛮。
只有杂草的气味和热空气。
然而这是一个差异清晰的地方。
在头脑的严厉与其粗糙之间。
在诚实与信仰的失败之间。
有人说,只懂一门语言的人
是没受过教育的人,因为他
无法区分他的思想和英语版本。
在这里他被翻译成一个地方,
一个有可能区分年龄和悲伤的地方。

在翁布里亚

从前有一次我坐在咖啡馆外面
看着翁布里亚的黄昏,一个女孩
走出面包房,拿着她妈妈要的面包。
她不知道该怎么办。已经有些茫然无措,
十三岁了,就在那个夏天成为女人,
而此刻她还得经过那个美国人身旁。
不管怎么说她很得体。走过去然后绕过街角
风致楚楚,没有在意我。几乎那么完美。
最后一瞬她却忍不住向刚发育的胸部
投下一眼。我常常回想起
她那低头一掠,当人们谈论
这个或那个令人惊艳的美人。

(周琰 译)

想象自己

林间空地上,炎热的一夜又一夜。
星星,湿草的味道,微弱的波涛声。
周围几乎看不见的棕榈树,远处
荆棘的气息。一小时又一小时的敲铃声,
而年轻女孩们穿着沉重的金色服饰
优雅起舞。之后,他沿泥泞小路
穿过黑暗摸索着回去时,仍眩晕于
那令人颤抖的音乐,舞蹈和她们的手。
(很久以前的匹兹堡。某人的印迹在他
心里。知道这些,当有时在雪中等候火车,
或是仅仅在石头地里吃无花果的片刻。)
有一天晚上,雨洒落下来,他跑进了
圣坛后的帐篷,看到舞者和乐手
挤在一起,在一盏科尔曼提灯的非自然光下:
女孩们脱了衣服,头发里有雨水,
柔和的脸上仍化着妆,她们发笑时
牙齿洁白。没人说英语,她们的语言
无法听懂。那个男人最终在生活里退到后场。

纯 洁

一个男孩坐在木房子的门廊上,
读《战争与和平》。
下面,是八月的一个周日下午。
街道不见人影,除了
那颗毒太阳。传来一个声音,
他张望。在一段长台阶
下面,一个人摔倒了。
男孩站起来,不想去。
他一整年都在思考诚实,
后来他坐下。最后来了两个人,
叫了救护车。
但太晚了。当众人散去,
他读了几页,停下。
坐了片刻,转回那地方,
再次开始。

我和卡帕布兰卡[1]

闷热的七月第一夜,他在床上
读钱德勒[2]的一个小长篇。
他本应该在另一个房间里。
今天,他开始从山谷背木头上来,
已经进入冬天了。他合上书
赤裸着走进脂松林和最后
半小时的黑暗。雨打在桦树
和胡桃树上,发出响声。已经
没有足够的时间来借它表达不满了。
常常难以知晓何时中盘
结束,尾盘开始,这纯粹的部分
更多地由技艺而非魔法来成就。

---

1 卡帕布兰卡(José Raúl Capablanca, 1888—1942),古巴国际象棋大师。
2 钱德勒(Raymond T. Chandler, 1888—1959),美国小说家,编剧。

一个幽灵唱歌,一扇门开着

也许当某物停止,迷失在我们内部的某物
才能被听到,像那个年轻女人的声音
似乎来自楼上被遮掩的一扇门廊。
那房屋没有灯光,其他房屋也没有,
大约一点钟。被压抑的甜美的
呻吟声在变化,当她从她所不是的
变得更近于她。小喘息变成了
大喘气。从来没有变成大声但变得
越来越明显,在绿叶繁茂的夏日街道上。
抽泣和呜咽,一种致命的,然后空寂。
在寂静中,外面的男人开始瓦解,
也许是改变。也许变得比那更多。

我想象众神

我想象众神说着,我们将
让它由你决断。我们将给你
三个愿望,他们说。再让我
看看松鼠,我告诉他们。
让我吃几只大猪,
塞了料在巨大的烤肉棒上烤炙,
拿出来热气腾腾,冬天放在
我旁边,当我通常实在
身无分文,沿着鹅卵石
向上走,经过月亮街
和鸟笼制作街,沉默街
和小尿街,甚至买不起
让我吃得那么高兴的
一百克。我们可以给你
智慧,他们用洪亮的声音说道。
让我最后看看修葛特,我说,
那个大眼睛的阿尔及利亚学生,

她怯生生地邀请我到她的房间，
那时我太年轻太糊涂，
那是在巴黎的第一年。
至少让我在生活中失败。
想一想，他们耐心地说，我们可以
再让你出名。让我再陷入
爱情，最后一次，我乞求他们。
教导我必然的死亡，恐吓我
进入当前。帮助我发现
这些日子的分量。那样夜晚将
足够饱满，我的心将野性勃勃。

思考狂喜

渐渐地他能听到她。停下,她在说,
停下!发现床上满是玻璃,
他的脚踝在流血,因为被驱使钻进了
她的天窗。加利福尼亚的夏天。快乐何其。
他了解那些:身体的彩色玻璃
被我们可爱的化学和神经的幽灵点亮。
快乐如水果,快乐如伏击。兴奋
一阵强风,我们无法为它找到一个形状。
所以我们的器官无法长久地坚持
这辉煌的快乐。喜欢则不同。
它理解和保持。拥有你所拥有的。
但狂喜是一个问题。让感觉加倍
仅仅是算术的。如果狂喜表示我们被
某物接管,我们成为一个被占领的
国家,一场热烈活动的观众,我们
只是这活动的舞台。那男人不想

站在自身之外领略狂喜。

他想领略自己身为本土的那种喜悦。

夜歌与昼歌

光亮对于她太突兀,太直接。她已经
在黑暗中住了那么久,更喜欢黑暗。夜里
坐在林中灌木间,歌唱俄耳甫斯——
他唱得漂亮但无知。她知道我们是
按时间,按痛苦和欲望而呈现,所以总是
安家于当下。而他仍溺爱那已丧失的
及其如何丧失,他的破嗓子在歌唱
他那歌唱爱情的年轻嗓音。黑暗已经
从她获得一种兴奋。欧律狄刻把激情
作为一个异国来歌唱。说制作蜡烛是用鸟
和老虎,用狐狸和蛇的油脂,燃烧时
有一种令人不安的光芒。俄耳甫斯歌唱
葡萄和水井之间墙壁上生锈的
五加仑罐子里种植的罗勒的香味。
欧律狄刻讲述动物们正在床上
同时相互寻找,可耻而充满活力。
他歌唱正在筒锅里煮着的汤。

歌唱它如何美味，在外面的石场里，
一边吃着悲伤着孤独的年复一年。

与天皇共餐

十六岁,被野兽包围在圈舍里

凌晨两点钟。看不见的动物。

黑暗中它们不安的笨拙声音。

触摸它们。不为风险,只为线索。

不为危险。调查不同之处,

和四周荒野的气味。牦牛和鬣狗的

粪便,野水牛的潮湿呼吸。

没有手册,没有地图给他在那里的心。

一直没有图册给他的精神。我们

仅有的地理,是我们童年的故事书。我们

一步一步走去,每次都满口又满手。

这是一只苹果吗?是的,它吃起来像苹果。

圣经说,好地方总在别处。[1]

这个别处肯定不是那一个。

---

[1] 亨利·莱曼解释:此处是戏语,因为《圣经》中"好地方"即天堂,不在世间;而杰克相信如果天堂真的存在,它应该就在此时、此地。

他已无望到达他原本要成为的。当我想起他在骆驼，

貘，和羊驼中间，

就想起日本天皇的宴会。

每道奇妙的食物都放在了客人的

面前，片刻之后，不碰一下就端走了。

一道又一道。我想起我曾是那个青年，

就想知道是否对灵魂也是同一方式。

他们从不曾弄明白天皇的食物

只是好得多，还是远远不止于此。

我们结束时仍在问我们的生活到底滋味如何。

过家家

今天我发现一只蝎子宝宝。极小,
精致,这次没有和妈妈在一起。
独自在洋葱袋里。我疑惑
他们如何联系,这对妈妈和宝宝。
这会儿她是否在上面某处悲伤,用她的螯
悬挂着,当她小心翼翼地蹒跚而行,
来来回回穿过我的竹子天花板?
是否发出一种困惑的声音?像那只山羊
整整三天呼唤着她被吃掉的孩子。
是否有一种我听不见的稀薄而微弱的声音
来来回回萦绕?而那棵中国榆树
听得见。我不让进来的葡萄和蚂蚁、
蜘蛛和蝙蝠听得见。是昆虫的声音?
器官的声音?是否她也偶尔把他带在身边
喂养?他们睡觉时恐惧吗?仅仅很警觉?
不需要首先去碰别的?

超越开始

他后来怎么会相信那是最好的
时光,当他妻子突然去世
而他一年多时间里每天踟蹰林间
哭喊着?如今他仍然孤单贫穷
在岛上伴着他的石屋周围
齐腰的野花。六月,风将赞美
一路绵延到山边的
大麦。然后在丰收后的田里
它将让人愉快,而太阳牢牢钉住
到处是石头的土地。清晨在寂静里
来了又去,月亮是一个天堂
以黑暗中的猫头鹰为中介。是否后来
有一种既不猛烈也不理智的快乐?
心再次变得饱满的一段时光,和此后
心变得成熟的一段时光?爱琴海
刚刚在山谷尽头是蓝的,
而此刻却蓝得不同。

理论上的生活

斯科帕斯[1]作品的所有遗存

都是脚。有时连脚都不是。

有时只是底座上的不规则形状,

也许能表明塑像如何站立。

用这些脚,或脚的痕迹,

以及希腊教授们的精确图表,

有学问的人们争论胳膊

在做什么,雕像是多么好。

正如我们对待生活,猜测

下雨时那女人是否真的快乐,

她父亲是否真是大使。

她是充满激情,还是只想让人高兴。

---

[1] 斯科帕斯(Skopas,约前395—前350),古希腊雕塑家,生于帕罗斯岛。

从这些荨麻,救济品

他们把我拖下来,落在山丘的泥泞里,
我发狂地硬挺着,
想抓住灌木和草丛。踢打着
咆哮着,我被扯倒了,
在桥下。死定了,我想,
这会儿没人会看到了。他们把我
摔倒在地,用他们的重鞋子
敲,踩,又用拳头
打我。我狂叫着不要!不要!不要!
一边到处扭动,愤怒。而他们,
愤怒,这会儿试图杀了我,因为
我太蠢,不愿屈服。后来,
坐在巴士车站里清洗着
血迹,我心里有声音想知道
这事儿中间我是什么样子,
在桥下那会儿。

佛罗里达的炎热夜晚

那女人在卧室睡着。风扇正发出

声音,电视机在他后面开着

但关了声音。沥青路对面的灌木中

那只卡氏夜鹰正鸣叫着。更远处,

人们在单层房子里沉睡,

草地在外面,船在车道里[1]。

他想起大英博物馆。这些孩子

清醒时开得快。二十年前

这里是一片有短吻鳄的沼泽,尚未成形。

他想起丹麦的寒冷,曾迫使他上了

那个吉卜赛女孩的床。像穿过一扇门

发现了威尼斯,那时他以为自己是

在南斯拉夫。此地的人们似乎全然

不在此地:金发男子的欲望总在

---

[1] 佛罗里达在海边,中等人家常有运动用船,不用时放在拖车上,停在车道里。

空调的中间。他记起曾经可能的爱。

外面,明亮的月光并不专门照临什么。

得其全部

今天早晨空气清新舒爽,无所赞美。
它遍及万物。光没有代理。
在这种世界上,我们立于自身:
坐在门道里的那双朴素的男式黑鞋,
那高个女人奔向远处的办公室时
蓝裙子的褶皱。我们也许会注意
那个学生携带的一本书的金叶边
断断续续地闪亮着,当她穿过明亮的
阳光,在街道上我们这一侧。但通常
我们依赖于深思和让事物增加。
我们看见树木披着早春的绿,但直到
冬天即将到来之前,再也不见。那日常的
往往在我们之外。热烈之后的爱情,
三千个夜晚之后的妻子。很容易
意识到那些马突然间奔过一条空巷。
但婚姻是清晰的。像大提琴的微弱声音
夜里很晚时在下面某处,在一条名为
快乐街的街道上一幢旧建筑的寂静里。

世界的边缘

我点亮了灯,看手表。
四点半。敲敲我的鞋
因为怕有蝎子,出门
走到田里。这般美好的夜晚。
没有月亮,只有急迫的星星。回到
屋里,又在我的丁烷炉上做热巧克力。
我用收音机四处搜索,搜到
黎凡特风笛。"双人茶"[1]
德语广播。最后,克利夫兰
公羊队[2]在雨中打球。它让我强烈地
感觉到这里和别处的每个人。

---

1 "双人茶"(*Tea for Two*),20世纪20年代的一首流行歌曲。
2 公羊队(the Rams),美国球队,初为克利夫兰公羊队,1946年离开克利夫兰,现名洛杉矶公羊队。

莱波雷诺说唐·乔万尼[1]

你以为这对他容易吗,那个可怜的混蛋?
都要那样虚弱,无论她们的音乐何时开始?
这不是一个省事的乐子,不是一种温和的尺度。
不是一种选择。像圣方济各[2]没有选择,
整个冬天都需要被关在他的石头洞穴里。
要被鞭笞着穿过阿西西,赤裸而污脏。
当信仰如此,上帝便不再是可有可无。
但方济各有一个禀性,没有对蠢女人的需要。
乔万尼确实相信她们是重要的。
谈到她们就像并行的秩序。疯家伙。
一个受过教育、出身尊贵家庭的绅士,
迷途而无助,追随她们丝毫的微光。
他相信有一个秘密与女人们融为了一体。

---

[1] 唐·乔万尼(Don Giovanni),风流浪子唐璜的意大利名,莫扎特同名歌剧的主人公;莱波雷诺(Leporello)是其随从。
[2] 圣方济各(Saint Francis,1182—1226),出生于意大利古城阿西西(Assisi),又称阿西西的方济各,天主教会修士,方济各会的创办人。他实行苦修,包括诗中提到的住洞穴、鞭打自己。

他整夜地笑、点头,当他倾听

她们叽叽喳喳,抱怨着她们的丈夫。

他说这世界因她们而改变。

她们的肉体展开而他穿越、走向

肉体之外的某物。听一个嗓音,他说。

一种原始的电波在她们的核心。

渐渐变强又渐渐消失,仿佛来自月亮。

初次

我们已经二十年不曾见面,当她打电话
说欢迎我回到美国,想见见我。
提醒说她如今已过了四十,做了母亲
有个七岁的孩子。逝去的时光汹涌而来。
巴黎,我,没有钱也没有地方留下她。
我借了一间房,点上蜡烛,备了酒。
事有不谐。在刚浆过的床单上我的膝盖
一直在身下打滑。我掩饰住羞辱,
借势转过背,拒绝交谈。那时她年轻
像我一样,我猜测,她感到宽慰。

半是真实

这些清晨鸟儿并不唱歌。天空
整日洁白。加拿大天鹅在高处
月光里飞过,伴着它们不满的
孤独之声。南去。此刻是雨
转眼是雪。黑树无叶,
繁花落尽。只有卷心菜滞留
在零乱的园里。真实变得可见,
灵魂的建筑学不经意地显露。
上帝脱去全副甲胄,和我们一起在家。
我们被归还给那被置于美之下的。
我们已重新开始生活。此刻没有忙碌。
我们做爱而不仓促,后来发现自己
是与我们谙熟的人在一起。时间将是
我们正准备下一步所要成为的。这爱情,
这享受,我们的快乐,这生命
植下了根,年复一年地归来。

敬 畏

——为阿尔伯特·史怀泽[1]而作

今天早晨我发现一只蝎子的幼虫,

好极了,在平底锅里。

用一片大理石杀死了它。

---

[1] 阿尔伯特·史怀泽(Albert Schweitzer, 1875—1965),德国哲学家,提出"敬畏生命"的伦理学。

著名男人的生活

午夜后就着油灯从仅有的平底锅里
用一只汤匙试着刮烧煳的汤
因为如果我不在这个炎热的夜里
煮鲭鱼,明天它会在炖菜里
杀了我。那是双倍的
浪费。虽然这将是节省的
另一种方式,我思索着,一边出门
从井里打更多水,碰巧抬头看
明亮的星星。是的,是的,我说,
又继续拉长长的绳子。

变老

微风变得甜美,在山上的

夜里。看不见风,若非

它在外面的大杨树林里发出的响声

以及他赤裸、孤单身体的感觉。

黎明前身体静静呼吸少许,

眼睛睁着,爱怜透明黑暗里的

桌椅,以及另一扇

窗户里的星星。很快要到早茶

和凉梨的时间了,然后

下山几里路再上山几里路。

"老而孤单",他想,微笑着。

充满了丰饶对他精神所施予的东西。

在体内四处摸索,看他的心

是否还,感谢上帝,雄心勃勃——

老人们每个清晨眼神的样子。

知道美智子不在那儿,而且

不在任何地方。眼睛闭着,当他想起

昨夜才第一次看见屋顶上那只
大猫头鹰,虽然听它的叫声已有数月。
想着他已经变得有多少不适应
符合他的尺度的爱。"但也许
不是",他说。眼睛睁开,当他
咧嘴嘲笑那颗心的固执的自夸。

如何爱死者

她还活着,鸟儿说。不是说什么

傻话。她虽死犹在,

狐狸说;因为了解灵魂。

不是葬礼上的照片,

不是悲伤的对象。她死了,

你还可以拥有她,他说。假如你能,

就不顾礼仪或优雅去爱吧,

狐狸说,就用你的狼心爱她吧[1]。

正如死者将被渴望。

不是长久婚姻的方式,

没有什么事反反复复发生。

不在树林里或田野里。

不在城市里。痛苦的生命之爱

永无归宿。不是颜色,只是痕迹。

---

[1] 亨利·莱曼解释:狼心的意思是他的心狂野而无厌地饥饿,像一匹狼。

几乎快乐

今天早晨金鱼死了,在她的世界的
底部。秋季的天空洁白,
树木在冷雨中开裂。
孤独越来越近。
他喝热茶,唱歌走调:
这火车不是一列回家的火车,这火车。
这不是一列回家的火车,这火车。
这火车不是一列回家的火车,因为
我的家在一列驶去的火车上。那火车。

拒绝天堂（2005）
Refusing Heaven

For Linda Gregg and Michiko Nogami

献给琳达·格雷格和野上美智子

辩护状

悲伤无处不在。屠杀无处不在。如果婴儿
不在某个地方挨饿,他们就在
其他地方挨饿。苍蝇在他们的鼻孔里。
但我们享受我们的生活,因为这是上帝想要的。
否则,夏日曙光之前的清晨就不会
创造得如此美好。孟加拉虎也不会
这般威武非凡。那些贫穷的妇女
在泉水边一起笑着,置身于
她们已知的苦难和未来的凄惨
之间,微笑又大笑,尽管村子里
有人病入膏肓。每天都有笑声
在加尔各答令人恐怖的街头,
而女人们在孟买的牢笼里笑着。
如果我们否认我们的幸福,抵制我们的满足,
就会使他们遭受的剥夺变得无足轻重。
我们必须冒喜悦的风险。我们可以没有消遣,
但不能没有喜悦。不能没有享受。我们必须

顽强地接受我们的快乐,在这个无情的
世界的火炉之中。让不公成为我们注意力的
唯一尺度,是在赞美魔鬼。
如果上帝的机车让我们筋疲力尽,
我们就该感激这结局的庄严恢宏。
我们必须承认,无论如何都会有音乐响起。
我们又一次站在一只小船的船头
深夜抛锚在这个极小的港口
遥望沉睡中的岛屿:水边
三家咖啡馆已经打烊,一只裸灯燃着。
寂静中听见微弱的桨声,当一只划艇
慢慢驶来又返回,这些真的值得
用以后许多年的痛苦换取。

一丝不挂,除了首饰

"而且,"她说,"你一定不要
再谈论狂喜。这是孤独。"
女人走来走去,一边捡起
她的鞋子和绸缎。"你说过你爱我",
男人说。"我们说谎",她说,
抚理着一头秀发,一丝不挂,除了
首饰。"我们试图相信。"
"你无能为力,对欢乐,"他说,
"悲叹和哭泣。""在梦中,"她说,
"我们对自己假装我们在抚摸。
心对它自己撒谎,因为它必须那样。"

好意地把她安排在荒僻处

那是希腊岛上常见的一条狭窄后街,
八英尺高的刷白墙壁上有一扇门。
美丽的光与影在明净的空气里。
大铁门闩从外面把什么东西
锁在里面。有几天里面的撞击
让沉重的木门抖个不停。经常有一个嗓音
尖叫。是个发疯的老女人,人们说。
如果把她放出来,她会弄伤孩子们。
掐他们或是恐吓他们,他们说。
有时候一片安静,我会磨蹭着
直到我听见微弱的啜泣声,那表明她知道
我在那儿。一天傍晚,我去取油的路上,
看到门被打破了。她在对面地上
靠墙的草丛里,上衣搂起,正在小便。
像头母牛。能够自理,在最后的光亮里安安静静。

我们该唱什么样的歌曲

当我们冲它挥手,头顶上
那只巨大的起重机就转过来,放下
它沉重的爪,尽它所能
温顺地等待,等我们扣上
那些三平方英寸的铁板。
带走这沉闷不堪的
现实,当我们再次挥手。
我们给这些取什么样的名字?
给它的嗓音配什么样的歌曲?
耶和华的另一张面孔是什么模样?
这个神按照他的形象创造了
蛞蝓和雪貂,蛆和鲨鱼。
给这些配什么样的颂歌?
是否是那然而之歌,
或者是我们的内心帝国之歌?我们
把语言作为我们的心智,但我们
可是那只死去的鲸鱼,气势恢宏地下沉
许多年,才抵达我们的内心深处?

拥 有
——给吉安娜

我在心灵的绳子上打结
便于记忆。它们不是
往事的图片。也不是记述
橄榄树林中的黄昏和那种气味。
走回来就是到达。
为此,那儿有三个结
和一段空白,另两个
紧挨着。它们并不模仿
她身体的内部,或是她干净的
嘴。它们不会描述,但能够
防止把它记错。
这些结让人回忆。这些结
是标记那条小径的纹章,让我们回到
我们拥有且没有完全忘记的事物。
回到一只丁丁丁响着
远去的铃铛,和那个日渐黯淡的甜美夏天。
一切都变得模糊,渗漏,只除了

一丁点儿，但那一丁点儿就是绝大部分，
即使损伤了。还有两个结，
然后就是直直的绳子。

说你爱我吧

她床上的天使们,是在我心里
独自贴近我的天使吗?
她窗子里的绿树
是我在成熟的李子上看到的颜色吗?
如果她总是向后看,
上下倒着看,而对此一无所知
我们还有什么机会?我心头萦绕着
那种感觉:她正说着
融化的死神、雪崩、河流,
以及经过的时刻。
而我回答着:"是的,是的。
鞋子和布丁。"

博物馆[1]

我们是里面的居民,和那些机械,

是一阵微光传遍那些仪器。

我们存在,伴着里面低语的风

和低垂的月。在那些管道间,

在骨头的廊柱大厅里。肉体

是一个近邻,但不是生命。

我们的身体并不擅长记忆和保存。

是精神,紧紧抓住我们的珍藏。

那个意大利黄昏,渡船经过贝拉吉奥,

在寂静中驶过科莫湖[2],到达

我们准备上岸、开始攀登青山之处。

和她一起度过十一年之后,那些生活

身体保留的如此之少,

---

[1] 博物馆(KUNSTKAMMER),原文是德语,这里指心灵或精神的记忆。

[2] 意大利的科莫湖(Lake Como)是欧洲最深的湖泊之一,湖水来自阿尔卑斯山融化的积雪,冰凉清亮,晶莹透彻;贝拉吉奥(Bellagio)是湖边一个闲适幽静、飘荡着田园牧歌的古镇。

而嘴保留的甚至还没有那么多。但心
却不同。它从没有忘记
那片松树林,月亮每天晚上在树林后面
升起。我们一次又一次把我们的
甜蜜的灵魂放到小纸船上,让它们
驶归死亡,每一只都慢慢移动,
驶入黑暗,渐渐消逝,一如我们的心
寄居而享受,受伤但充满渴望。

万圣节

有一百个野蛮人在艾伦[1]的

三层楼房里。而他正安静地

坐在厨房里一张小桌边吃东西。

一个人,除了奥尔洛夫斯基的小弟弟

——他睡着了,脸抵着墙壁。

艾伦戴一顶红色无檐便帽。赤身披着

一件宽松的浴袍。及肩的长发

和及胸的,油乎乎的长须。

每一个与他相差都不止十五岁。毁掉了

像那个集团中的其他人。他杰出的

天赋毁掉了。他良好的心智

变得越来越简单。佛教的唱颂,枯竭的

诗歌。在孩子们的绘画里

没有中间色调。契诃夫说他不想

---

[1] 艾伦,即美国诗人艾伦·金斯堡(Allen Ginsberg),杰克·吉尔伯特的好友;下面提到的奥尔洛夫斯基是俄裔美国诗人,又是艾伦·金斯堡的同性恋人。

让听众哭喊,而是看见。艾伦给我看

他秃顶的老头皮。一种爱。

亚琛大教堂[1]是一幢平庸建筑的好拷贝。

建筑师尝试了两千年,寻找

把圆顶放在方形地基上的办法。

---

[1] 亚琛大教堂,位于德国西部城市亚琛,建于法兰克国王查理大帝在位期间(768—814)。

挽歌,给鲍伯(让·麦克利恩)

只有你和我仍然站在高地街的雪中,

在匹兹堡,等待跌跌撞撞的铁制街车,

它一直没有来。只有你知道多么强烈的风暴

在阿利加尼河和莫农加希拉河[1]上

才是我渴望的。除了你没有人记得皮博迪高中[2]。

你分享了我的青春岁月,在巴黎,在科莫湖畔的山上。

后来,在西雅图。是你,一遍又一遍演唱着

《浪子唐·乔万尼》中的咏叹调,用音乐

充满普吉湾[3]的森林。你在前厅里而我

在楼上和你离弃的妻子在我床上。你的

孤独的声音泼洒在我们快乐的身体上。

你有了第三任妻子,当六个月后

我在意大利的佩鲁贾,但已经爱上了别人。

---

[1] 阿利加尼河和莫农加希拉河(Allegheny and Monongahela rivers)在匹兹堡交汇成为俄亥俄河。

[2] 皮博迪高中(Peabody High School),匹兹堡一家公立中学,创立于1911年。

[3] 普吉湾(Puget Sound),美国华盛顿州太平洋沿岸小水湾。

我们在慕尼黑到处找她,又是大雪飘落。
你试着决定什么时候干掉自己。这一切
最终把我们带到了圣弗朗西斯科。那座巨大的
颓坏的白房子。再没有莫扎特的音乐
从那儿传出。你没有了哈利路亚。往事不再
你曾经跳着华尔兹,在巴黎沙龙里的枝形吊灯下
醉于香槟和那个希腊女孩,而其他人
站在镜墙边。那些男人盯着你
面带怒气,女人们的眼神捉摸不定。再没有人
用那些年月的语言讲话。没有人
记得你是位男爵。街车
已经跑完最后一班,而我正走路回家。思索着
爱情无可辩驳,因为它已到达终点。

简 历

复活节在山上。山羊吊起来烧烤
加上柠檬、胡椒和百里香。那个美国人劈开
最后的肉块,从脊背上扯下
剩下的一撮。油涂上了胳膊肘,
脸上抹脏了但心里开了花。那些知足的
农民注视着他的热情,满是惊讶。
当白日开始变冷,他沿小路
而下。从节日的那种活力
下到他真实生活的沉寂里——他通常
就着煤油灯在冷水里洗,快乐
而孤单。未来,一寸接一寸,石头挨石头,
挨着青麦子和以后的熟麦子。
挨着罗勒和鸽塔和晴空中
盘旋的白鸽子。他来世的诸多灵魂
群集四周,他的自己围绕着他。
番茄挨着番茄,每日炖菜的鱼罐头。
他坐在外面葡萄园的墙上

当夜色从焦干的土地上升起,大海
在远方变暗。坚定的星星和他
在安静中唱歌。精神的肉体和身体的
灵魂。那么多的伤害历历在目。

超过六十

手头没钱,所以我坐在
农舍的凉荫里清洗
在柜橱后面发现的小豆。
一边聆听无花果树上的蝉鸣
混合着屋顶上鸽子的咕咕声。
我抬起头,当听到一只山羊在远处
下面山谷里受伤,我发现大海
与我儿时用水彩画它的时候
一模一样地蓝。
又能怎样,我快活地想。又能怎样!

越来越虚弱:午夜到凌晨四点

十一年来我一直为此后悔,

后悔当时我没有做

我想做的事情,当我坐在那儿

四个小时,看着她死去。我多想

从那些器械中间爬过去

把她抱在怀里,我知道

她弥留之际的那一点点意识

将依稀认出来是我

正带她去她将去的地方。

曾几何时

我们偶然地年轻过,磕磕绊绊
撞上快乐,他说。我们
身体的那种甜美自然而然,一如太阳
每天早晨从地中海升起
一样新鲜。我们是偶然地
活着。一种形体没有定型。
我们是由旋律构成的一段音乐,
没有和弦,只在白色键上
演奏。我们曾以为激动
就是爱,那种热烈就是姻缘。
我们无意伤害,但只能看到那些女人
一星半点,在激情和仓促之际。
我们年轻无知,他说,我们困惑,当
她们让我们亲吻她们柔嫩的唇。
有时她们回吻我们,甚至主动地。

幸免于难

黄昏与大海如此这般。那只猫
从两块地以外横穿葡萄园。
如此安静,我能听到甘蔗林里
空气的声音。金黄的麦子暗了下来。
光亮从海湾离去,热气消散。
在另一个农场他们还没有点亮灯,
而我突然间感到孤独。让人吃惊。
但空气安静,热气又回,
我感到我又好了。

公 鸡

他们已经杀了那只公鸡,谢天谢地,
可是我的一半山谷没有了打鸣
很是陌生。没有了那只公鸡
好像中国榆树旁我的地方不是每天都在那儿。
仿佛我都不在了。我摸摸自己的脸,
起来沏了茶,感觉我的内心
并不需要疆域。像枯草,衰败失色
但不屈服。在世界的喧闹中沉默。
他们杀那只公鸡,因为他对六只邋遢的母鸡
毫无感觉。现在只有那只雏鸡
来宣告顶替了。她们只是他的婶婶。
大多数时候他勤于打鸣。很长时间
其他农场的公鸡并不回应。
但昨天他们开始放开了喉咙
朝他表演。他想回应,
却不得要义。嘲讽
和失败持续,直到有一天,

从山谷另一边传来一个低沉的声音
说:"看在上帝的分上,孩子,像这样子。"
于是开始了。不再费心去断言
风景的各部分,而是宣告
太阳和月亮的伟大、荣耀。
传述天主,神秘
和欢乐。哪些是野蛮哪些不是。
描述风与歌的领地。以及
万物之中何为高贵。从此一切安宁。

失败与飞行

每个人都忘记了伊卡洛斯[1]也飞行。

同样,当爱情到了尽头,

或者婚姻失败,人们就说

他们早知道这是个错误,每个人

都说这永远不可能。说她

这么大了应该更明白才对。但任何

值得做的事,做得糟糕也值得做。

就像那个夏天在海边

在岛的另一侧,当爱情

从她身上消逝,那些夜晚

群星如此熊熊燃烧,

每个人都会告诉你说它们不可能持久。

每天早晨她在我的床上熟睡

像圣母降临,她的优雅

---

[1] 伊卡洛斯(Icarus):希腊神话中米诺斯迷宫的设计师代达罗斯的儿子,跟随父亲使用蜡和羽毛制作的翅膀逃离克里特岛时,因飞得太高,蜡被太阳融化而落水丧生。

像羚羊站立在黎明的薄雾里。
每天下午我凝望她游泳归来
走过遍布石头的灼热旷野，
海的光在她身后，寥廓的天空
在海的另一侧。我们吃午饭时
听她讲话。他们怎么能说
婚姻失败了？像那些人
从普罗旺斯回来（当它就是普罗旺斯时）
说：那儿很漂亮但食物油腻。
我相信伊卡洛斯在坠落时并没有失败，
而只是他的胜利告以终结。

燃烧（不太快的行板）

我们都在时间里燃烧,但每个人都以

他自己的速度消耗。每个人都是

他的精神折射的产物,他的心智

变调的产物。是我们生活的步幅

使世界触手可及。无论是

身体的狮吼还是丛林的等待[1],不管是

心灵的硕大胃口,还是我们的灵魂

远离上帝和女人时悲伤的控制力,

总是我们生存的步态决定了

能够看到多少,知道什么秘密,

那颗心能够从风景中嗅到什么

当那列墨西哥火车每天都继续向北

小步跑着。宏伟的意大利教堂

覆盖着细节,人们用散步的速度

---

[1] 亨利·莱曼解释:"身体的狮吼"是指身体的欲望、饥渴或愤怒,"丛林等待"则指身体欲望的对象;身体像一只狮子,正站在等待的丛林前;全诗似乎是在说无论我们多么渴望某物,是我们生活的节奏、生活的步速,最终决定了我们会怎样经历这个世界。

才能看到。巨大的现代化建筑

一片茫然,因为没有时间从车上细看。

一千年前,人们建造京都的园林时[1],

许多石头斜放在溪流里。

无论谁走得快就会摔跤。当我们慢下来,

园林就能选择我们注意的地方。就能改变

我们的心境。在岩泉[2],一处厕所的墙壁上

许多年前有一个自动贩卖机,卖管装的

让男人生殖器麻木的药膏。名叫"逗留"。

---

1 京都(Kyoto),日本旧都,著名园林城市,包括了近半数的日本园林杰作。
2 岩泉(Rock Springs),美国小城,在怀俄明州。

另一种完美

这儿一无所有。岩石和焦土。
一切都被强光摧毁。
只有石头和小地块的
顽强的大麦和扁豆。没有
破裂的东西需要修补。没有东西
被扔掉或丢弃。如果你想要一张桌子,
你就付钱让人做。如果你发现
两英尺带刺的铁丝,你就带回家。
你会需要的。农民们不笑。
他们去镇上笑,或到节日的时候笑。
一种天堂。一切本然。
大海是水。石头就是石块。
太阳升起又落下。一种成功
不落痕迹。

一团某物

观看那只蚂蚁走在水下,沿着
我的平底锅的底部,让人疼痛。
虽然看起来他并不难受。
他悠闲地走着,几乎是漫步。
两次抬起头,在坚实的外物中
又继续走。直到他遇到一小块
什么东西,好像是害怕,
要挣扎着摆脱。后来,他继续走,
再度放松。他仰望,向前摔倒
成一个球。不清楚这是否
是结束。或许他正在做某种
刺猬做得挺好的事。等待有人
路过,能让他抓住别人的腿
请求帮忙。盼望同情。但也许
不是。也许他躺在那里卷曲成一个微笑,
最终被解救。梦见归来
像拜伦,或像那只可爱的狗[1]。

---

[1] 拜伦曾为一只爱犬死去而写了一首悼念诗("Epitaph to a Dog")。

逍遥在外

我们已经生活在真实的天堂里。
马儿在空荡荡的夏日街道上。
我呢,吃着自己买不起的热香肠,
在冰天雪地的慕尼黑,泪流。我们能
回想起。一个孩子在外场等待着
一年中最后一个飞球。天那么暗,
黑色衬着天堂。
噪音向着晚餐,渐渐变弱,
在极远处微弱地呼唤。
我站着,双手张开,注视着它
向上弯曲,又开始向下,变白
在最后一刻。手向下。盛开。

真 实

希腊太阳的强光[1]
照在我们的石屋上
并不像暗淡的月光照在上面
那么白。

---

[1] 希腊地处南欧,一年四季光线充足,希腊之光(the Light of Greece)在过去几个世纪一直是许多人去希腊旅游的一个重要原因。

罪过

他在想这罪怎样事关重大,
在仅仅活着之中他有多少股份。
比如懒惰。无所事事,
浪费的日日夜夜,积成了
这些心爱的年月。酷热漫长的下午
观看蚂蚁,当知了在中国榆树上
哀怨生命短促。
没人注视时常常这么散漫。
在四处泥土的歌唱中,浪费了
六月的清晨。秋日的下午一无所事,
只是谛听溪流的诱人歌声,
而云朵把他引入甜蜜的快乐,
一切听之任之。用尽我们拥有的
些微的时间,品味我们的凡俗生命,
悠闲而缓慢地跳着华尔兹。不在意
未来。安于让园子荒废,
让房子继续平时的零乱不整。

是的,又垂涎邻居们的妻子。

她们干净的头发和温柔的声音。六翼天使

他确信就在楼上某个房间里。

自豪感犹豫的场合,感觉着自己的感觉。

夜里醒来,就躺在那儿。察觉

过去在美妙的寂静里。其他的,

更旧的自豪感。看着救护车拉走

那个被他打碎了喉咙的男人。尤其是

他的贪婪。贪婪时间,和存在。这个世界,

松林——它在冬日的黄昏里

延伸着铁轨两侧所有的棕色或裸露。

他感觉着寒冷,没有被赦免的罪。

人迹罕至的山谷

你能理解如此长久的孤单吗?
你会在夜半时候到外面
把一只桶下到井里
这样你就能感觉到下面有什么东西
在绳子的另一端使劲拉。

正在发生的,与它周围发生的一切无关

十一年的爱情栩栩如生,
因为它已结束。此刻希腊历历在目
因为我住在曼哈顿或新英格兰。
如果正在发生的,是围绕着多发事件
而上演的故事的一部分,那就不可能
知道真正发生的是什么。如果爱
是激情的一部分,是美食
或地中海别墅的一部分,那就不清楚
爱是什么。当我和那个日本人
一起行走在山中,开始
听到水声,他说:"瀑布声
是什么样的?""寂静",最后他告诉我。
那种静我没有注意,直到水倾泻而下的
声音,使我听了许久的寂静
变得明显。我问自己:
女人的声音是什么样的?该用什么词来称呼
让我那么长久地在其中追寻的

那种安静的东西？深入欢乐雪崩的内部，
那东西在黑暗的更深处，还要更深
在床上我们迷失之处。更深，更深地
下到一个女人的心脏掌控呼吸之处，
身体里遥远的某物在那儿
正变成我们无以名之的东西。

超越精神

越过大火后教堂的一片废墟,
你能看到行政大楼里零星地站着
一些老人,透过已经没有了玻璃的
精致的窗扉向外张望。
闲散而困惑。有几个人在下面
荒草阻塞的街道上搬东西
没有目的。内心坚守着日益黯淡的
对美好往昔的记忆。庞大的船只
在远方升起,靠岸又消逝。
饥饿的男人们蹲在广场的地上,
一片布在他们面前,无物可卖:
一个拿着报废的保险丝和一个烧坏的灯泡,
另一个只有一根大螺栓和螺母
锈在一起。一个有两枚拜占庭硬币
和一堆氧化物,它里面有一片银
上面有一个赫尔墨斯面孔的戳记,但他
并不认得。一个陌生的地方,去寻找

重要、有价值的东西。此刻
独自到达一片荒野,因不满
而奋力,再次需要。不为拯救。
继续,因为那儿也许有某物像他一样。
去参观那不明自身意义的重要事物。

沉思之十一:再读布莱克[1]

我记得与他们合租的那座房子。

笑声,关于爱的永恒谈论。

他们的朋友的充沛精力。

和夜深时的声音。

鞭笞的声音。催促声和尖叫声。

像死人般挨着躺在一起。

---

[1] 布莱克(William Blake,1757—1827),英国诗人、画家。

在我身上留下了多少？

渴望，在欢乐之内。心的饥荒
在精神的喜悦之内。高兴地醒来
而现实总是让人不满。看到贫乏
在尽善尽美之中，但仍然渴望
它的严厉。想起
一个希腊农民在果园里，
白色的杏花洒落，洒落
在他身上，当他奋力拖动木犁。
我记得荒凉而珍贵的巴黎冬天。
战争刚刚结束，每个人都又穷又冷。
我饥肠辘辘，走过夜间空荡荡的街道，
雪在黑暗中无言地落下，像花瓣
在十九世纪的末期。壮丽而空阔的林荫道上，
实在性看起来是如此切近，
而那只出名的铜钟讲述着时间。
剥去一切，直到存在显现。
古老的建筑和塞纳河，

小石桥和华丽的喷泉欣然盛现

在空虚里。什么样的美食在这贫困之中。

怎样的新鲜在我的孤独之中。

在这儿! 在这儿! 又没了!
（显现的性质）

白马非马,琳达写道,

她引用二千三百年前惠施的话。

事物不是它的名字,也不是

词语。画上的笛子并不是笛子,

不管怎么起名字。在爱荷华

一个聪明的诗人因为想到我们

是由电子构成而惊恐。我爱过的

吉安娜·乔尔美蒂光彩熠熠,出现

在一团活力中,但活在那宅第中的灵魂

并不是那幢建筑。意识也不是

正做梦的物质。即使所有的星星

加在一起,它们仍然不会知道它的根源。

大山的寂静不是我们的沉默。

大地的声音也永远不会是"美好的一天"[1]。

我们是偶然的出现。白马

---

1 "美好的一天"(*Un Bel Di*),普契尼歌剧《蝴蝶夫人》中的唱段。

在月光中比它站在阳光下

更白。而即便此时也取决于是否有一只铃铛

丁丁作响。我知道的瓦莱丽的亲密的身体，

不是我的朋友知道的那个秘密的身体。

她乳房的光辉随情况而不同：

是否穿衣，是被渴望还是太熟悉，

这些事实被沉思是在早晨

还是在瓢泼大雨的夜深时候。

我们不能两次进入同一个

女人，也不是因为能量之网紧绷。

它是一个不解之谜，与物质

和电子无关。它不能解释为什么在爱琴海上

眺望的琳达，不是在肯塔基

吃着甜瓜的琳达，也不能解释

为什么生活在雨中的头脑却不是

它的一部分。去世的野上美智子女士

如今只活在我的头脑里，随我转瞬即逝。

她的纤白在我心中是冬季天光里

淡淡的琥珀的颜色。

雄 心

已经抵达了起点,开始接近

一个新的无知。要成为的地方,

要生活于其中的秘密,要得的罪。

也许在南美洲,或许一个新的女人,

另一种不懂的语言。

像乘一只筏漂泊

在我们已经开始的生命之海上。

热带地区一家倒闭的两层旅馆,

正午酷热中的寂静,太阳

透过百叶窗,迷离。

拿着他的诗坐在小桌边,

每个人都睡了。快乐地想着,

他的手在他将要成为的河流中

划过。

回到年轻时候

又一封美丽的情书
试图赢得她归来[1]。写完,
像每个夜晚,正好是黎明前。
沿加里波第街下来,到福特伯拉奇奥
广场。经过巨大的
伊特鲁里亚门,沿
乌利斯罗奇街而上。到主广场。
经过大教堂,经过
尼科拉·皮萨诺喷泉。和精致的
十一世纪的市政厅。
到了邮局,这封信
就能在三天内到加利福尼亚。
然后去小广场,总是站在那儿
半个小时,仰望
吉安娜正在沉睡的地方。思念
她,梦想另一个。

---

1 这首诗的背景是意大利中部省份翁布里亚的首府佩鲁贾,信是写给琳达·格雷格的。

没有更近

行走在满月下
首尔黑暗的街道上。
刚刚迷路了两小时。
才吃完一条面包
又为宵禁担忧。
已经三天没有说话了。
我在想,"为什么就不
为爱而淹留?为什么就不
为爱而淹留?"

成年人

大海在黑暗中安睡
潮湿而赤裸。半个月亮在天上隐现
仿佛有人曾穿过一扇门
背着亮光而来。那女人想
他们怎么就比邻而居了
许多年,而她属于其他男人。
他朝她移动,知道他将要毁掉
他们相互不了解时的情形。

从上面看见

最终,汉尼拔从他的城市走出来
说:罗马人想要的只是他。为什么
他的士兵要向他们的刀剑示爱?
他独自走出来,辽阔旷野里
一个小人物[1]。他的大象已死
在阿尔卑斯山裂缝的深处。这样我们就可能
在胜利中走向我们的罗马之死。我们的爱
由大理石和巨大的褐色玫瑰铸造,
在来自我们失败的无穷收获中。
我们已经与死神终生共眠。
它将碾磨出它不光彩的胜利,
但我们仍能在胜利中跛行于半途
寒冷的沙地上。

---

1 颇似杜甫的诗句"乾坤一腐儒"。

接 近

热气在巴士上伴着我们。
标志在前面,一扇厚厚的
生肉在另一侧
行李架上。下面座位上
那个男孩无精打采
揉着眼睛。老婆婆们
在轻声交谈。
安静地,我张望,与旁边巴士上
一个漂亮的希腊女孩
目光相遇。
她沉静地收回。
我垂下双眼,巴士
驶远。

来 信

真是见鬼,你在那儿干什么?
(他写道)那个破山沟里
只有鸡和驴子,你又不耕种。
而且你周围的人都说希腊语。
而且唯一的新闻勉强依靠
军用通信网络。我不知道该说什么。
还有女人的事怎么办?他问。是啊,
我自思自忖,女人的事怎么办?

少即是多

刚开始他是个年轻人

去了意大利。他爬上高山,

想成为诗人。但困惑于

多萝茜·华兹华斯[1]日记里的记述:

威廉如何整日里

为寻找一个关于夜莺的比喻

而筋疲力尽。似乎

激情的折磨路途遥遥。

他结束了待在公寓的时光,

那里的年长女人们经常

在半夜里抱起孩子,

把房间租出去,暖和地抱着,

婴儿贴着妈妈,发出

猫咪一样的声音。他开始搜寻

---

[1] 多萝茜·华兹华斯(Dorothy Wordsworth,1771—1855),即英国诗人威廉·华兹华斯(William Wordsworth,1770—1850)的妹妹,以日记、书信知名。

次一等的目标。不为人知的废墟,不起眼的陈列馆,只有一个比萨饼店和两个小酒吧的落后乡村。未经改进的地方。

向王维致敬 [1]

一个不熟悉的女人睡在床上
另一边。她微弱的呼吸像一个秘密
活在她体内。四年前在加利福尼亚
三天里他们熟识了。她那时
已经订婚,后来结了婚。此刻,冬天
正吹落马萨诸塞最后的树叶。
两点钟的波士顿和缅因静静流逝,
夜的呼唤像长号般欣喜,
将他留在此后的沉寂里。昨天她哭了,
当时他们在林中散步,但她不愿
谈论此事。她的痛苦将得到解释,
但她仍将不为人知。无论发生什么
他将再找不到她。虽然那喧嚣和罪过
他们可能在身体的狂野和内心的
噪音中获得,但他们将仍然是
一个谜,面对彼此,面对自己。

---

[1] 王维(Wang Wei),字摩诘,中国唐代诗人。杰克·吉尔伯特喜欢王维的诗,更向往他的隐居生活。

刺柏城堡的灰胡桃树[1]

我把这棵树称为灰胡桃树(我不认为
它是),这样我就能说起雨中
我四周的那些树是多么不同。
这让我想到语言怎样变化无常。济慈
手稿上经常留下空白,为了跟上
他的激情,空白处自有恰当的词语光顾。
我们间接地使用它们。一如我们机械地
增加一点幻象,想抓住正在幻灭的梦想。
同时有那么多的词语。我们说,
"我爱你",当我们搜索
能被听到的语言——它允许我们谈论
那边的山杨树怎样在细雨中
摇曳不定,而窗边的这一棵
怎样聚集雨滴,又让它们
成束落下。一如我的心有时颂歌,

---

[1] 刺柏城堡(Fort Juniper),是美国诗人罗伯特·弗朗西斯(Robert Francis,1901—1987)1940年在马萨诸塞州阿默斯特建造的房子;杰克·吉尔伯特曾于1990年至1993年间作为驻地诗人在此居住。

而其他时间思念。有时安静
而其他时间安静而有力。

做 诗

诗,你这狗娘养的,够糟糕了
我为难自己,干得这么来劲
为了搞对哪怕一丁点儿,
而这一丁点儿也勉强又尴尬。
但后来我就怨恨,当
甜蜜的肯定应该拥抱我,像
一条鳟鱼在明亮的夏日溪流里。
至少应该有条捷径
去接近你的魅力和微妙。
但事实上总是
了无新意的不满意。

安定下来

如果精神明智而衰老,
那将会变得轻松。
但有一种固执的快乐。
夏日的空气在榆树间游荡。
寂静逡巡在屹立的
天堂的风暴中。三十二只天鹅
在哥本哈根的黄昏里。
那只天鹅在一间希腊人的厨房里
慢慢流血而死。
一个男人离开了临时就餐的
饭店,思考着他的轻率。
在一片空阔风景的上空
有物无声地飞过,令人愉快。
他漫游在半途中,向着
他将成为的那个人,无论是谁。
激情让我们孤身而安全。
其他的热情让我们

冒险，恋爱，和孤单。
有时是永久的结合。

夜的美妙滋味

当我醒来,我的头脑在说:"这世界
会原谅我多愁善感,但我有些自作多情。"
于是我去了外面。风已停。
残月当头,星星
比往常更亮。一艘货船
正从远处驶进港口,
灯火通明。山谷静极,我能听到
引擎的声音。狗儿安静,刚对着满月
汪汪叫了一星期,累坏了。失败后的安逸。
那艘船从山的另一侧驶出来,
轻柔地向港口拉响汽笛。
唤醒了山上的一只公鸡。又驶到
第二座山的后面,我又回到
农舍。"整日整夜的时间
听我哭泣。这世界将原谅我意气用事",
我在床上唱着,黑暗中,我的嗓音
因为几天不说话而变得陌生。
想念琳达,但对着别的东西唱歌。

荣耀

所有遥远的荣耀都是拘泥形式。
一个人因忠实于一部无法分辨
适用于何事的法典而死。
像我们伯爵夫人的优雅完美,
而她已经发疯三十年,
气味难闻。

试着写诗

有一只鸫鹟坐在我精神的

树枝间,它选择了不唱歌。

它正在倾听,学习它的歌曲。

坐在帕拉第奥的光亮里,试着决定

轮到它歌唱时要唱什么。

吐拉拉,吐拉拉,其他鸟歌唱着

在早晨。当雪正好在傍晚前

慢慢飘落,一片寂静。

知道激情并非一种

不混同于活力的个性。这只鸟将歌唱

夏天时它在意大利的恋爱。

但恐惧于经典的歌唱。

将快乐地歌唱凉爽的黑暗中

水果的颜色,熟透的桃子内部的

潮湿,西瓜的气味,

以及与草莓一起到来的石楠。

当太阳沉入寂静,

两只鸟将歌唱。来来回回

成为一个整体。寂静应和着寂静。

歌曲应和着歌曲。去了又去。

去了某处。无处可去。

一种勇气

在农场那边放羊的那个女孩如今十二岁,
已经被带出了学校。她的生活结束了。
我给我天才的弟弟在钢厂找了个暑期工作,
而他待了一辈子。我和一个女人生活四年,
她后来发了疯,从医院逃出来,
搭车横穿美国,多么可怕,在雪中
没有外套。被大多数载她一程的男人强奸。
即使我如此发动自己的心,而它仍空转不停。
在阳光里,在大陆和必死性的喷发之上,
通过风和飘落数里之广的密雨,向高处延伸。
直到整个世界被曾在我们内部
上升又上升的东西克服——它且歌且舞,
且扔下花朵。

快乐地种豆子

我一直等到太阳下山时
才去种豆苗。我正要开始
种豌豆,电话响了。
一场漫长的谈话,关于
这样生活在树林里
可能对我有什么影响。结束时
天已经黑了。做了金枪鱼三明治
又读了一本长篇小说的后一半。
发现自己在外面、四月的月光里
正把剩下的豌豆苗
插入松软的泥土。已经过了午夜。
有一只鸟断断续续地鸣叫,
而我能听到下面溪水的声音。
她说我正变得奇怪,大概是对的。
毕竟,松尾芭蕉和托尔斯泰最后
至少都去了某个地方。

想要什么

房间像是结了婚。[1]

着陆和出发。

珍爱和容器。一个小房间

八乘十二,被那张窄窄的铁床塞满。

向上六层,同在一个屋檐下,

没有电梯。从前一个少女的房间。

在老城区,另一座小山上,

一座著名的城市在下面铺开。

他的窗像一片海。

在每个人的睡梦中,教堂的大钟

整夜计数着时间。

两年后,他已经到达了

开端。经过科莫湖畔的村庄,

经过警察局——曾把他从一个监狱

转到另一个监狱,躲避大使馆。

---

[1] 亨利·莱曼解释:房间对吉尔伯特而言像是一位妻子,因此说"像是结了婚"。

他的第一个女人回了曼哈顿，

朋友们回去结婚

或是去了研究生院。

最终他孤独一人。

没有钱。一阵风吹遍

他去的大部分地方。再没有了

自己的习惯。让人盲目的强烈感情

为存在而放弃。萌芽

在随意的激情中间。必死性

像一只大提琴在他体内，像雨在黑暗中。

罪是一个诺言。最让他感兴趣的

是他将成为谁。

带来众神

把众神带进来吧,我说,于是他出去。当他回来,
我知道他们和他在一起了,我说,把桌子摆在他们前面
让他们可以坐下来,把食物摆在桌子上
让他们吃吧。当他们已经吃了,我问他们中哪一个
将质问我。让他举起手,我说。
左边的那个举起手,我跟他说问吧。
你现在在哪儿,他说。我站在我自己上头,我听见
自己的回答。我站在我自己上头像站在山顶,我的生活
在我面前展开。它让你吃惊吗,他问。我解释道
在我们的青春时代和青春过后很长一段时间,我们看不清
我们的生活。因为我们身在其中。因为我们
无法评价,既然我们没有什么能拿来和它比较。
我们不曾看到它生长和变化,因为我们太近。
我们不知道将它们与我们束缚在一起的事物的名字,
所以我们不能以之为食。靠近中间的一个问为什么不能。
因为我们没有诀窍去吃我们正在活着的东西。
那是为什么?她问。因为我们太过匆忙。

你现在在哪儿？左边的一个问道。和鬼魂在一起。
那两年我和吉安娜在佩鲁贾。悄悄地相会
在十三世纪的石头巷子里。漫步田野
穿过明媚春光，她衣着入时，穿着高跟鞋
走在犁过的田地。我们只是在城墙外面
藏在长刺的黑莓丛中，她乳房裸露。
许多个黄昏我和她在一起，在橄榄园中，
捧着她的心而她喃喃私语。如今你在哪里？
他说。我和琳达在一起年复一年。在美国的
许多城市，在哥本哈根，在希腊岛屿，一季又一季。
林多斯和独石和其他地方。我和美智子在一起
十一年，东方和西方，在我的头脑里清晰地拥有她
像一个当地人在一瞬间里拥有他的村庄。
你现在在哪儿？他说。我正站在我自己上头
像一只鸟坐在巢中，幼鸟在下面半睡半醒
而世界就是树叶和清晨的空气。你想要什么？
一个金发的问道。保持我的拥有，我说。你要求
太多，他严厉地说。那么你平静吧，她说。
我不平静，我告诉她。我想要失败。我渴望
我正在变成的样子。你将做什么？她问。我将
继续向北，双臂间携着过去，飞入冬天。

不足为人道也

我躺在床上倾听
黑暗中它在歌唱短暂爱情
的甜蜜,和种种可能存在的
爱之完美。精神珍视
那被漠视的。因为身体仍然
没能回忆起美智子的气味,所以
她的身体在我心里总是那么清晰。
有一种特别的快乐,当回忆起
她勺子上的光泽渐渐消融在远处
她从浴水中起来时微弱的声响里。

被遗忘的巴黎旅馆

上帝馈赠万物,又一一收回。
多么对等的一桩交易。像是
一时间的青春欢畅。我们被允许
亲近女人的心,进入
她们的身体,让我们感觉
不再孤单。我们被允许
拥有浪漫的爱情,还有它的慷慨
和两年的半衰期。当然应该悲叹
为我们当年在这儿时
那些曾经的巴黎的小旅馆。往事不再,
我曾经每天清晨将巴黎圣母院俯视,
我曾经每夜静听钟声。
威尼斯已经物是人非。最好的希腊岛屿
已加速沉没。但正是拥有,
而非保留,才值得珍爱。
金斯堡有一天下午来到我屋子里
说他准备放弃诗歌

因为诗歌说谎，语言失真。
我赞同，但问他我们还有什么
哪怕只能表达到这个程度。
我们抬头看星星，而它们
并不在那儿。我们看到的回忆
是它们曾经的样子，很久以前。
而那样也已经绰绰有余。

是羽毛还是铅

他,她说,和他。他们把我们放进
第二辆车里,跟着她回到了别墅。几周过去
我们的恐惧慢慢消失。每个人都和善
但忙碌。我们可以到处走动,在一楼
和那道篱笆这边的空地上。
他们决定要我,把另一个男孩送走了。
此前我只在上面窗边瞥见过她一眼。
如今我们一起吃饭,在桌子的两头相对而坐。
烛光减缓了她的衰老,但不减缓她的罪。
有一次她说世界是一头惊人的动物:
光亮是它的精神而闹声是它的思维。
说它应该以荣誉为养料,但却不曾如此。
还有一次她告诫我夜里不要在草地上
散步。说天黑后有巨鸟飞出来
嘎嘎叫着:"是羽毛还是铅,是石头还是火?"
骑到回答错误的人身上,骑着他们
像骑马一样穿过整个国土,用强健的翅膀

拍击他们。到了下雨天我们经常
安静地打牌,清晨四点吃沙丁鱼
三明治,轮换着大声地读
托尔斯泰。"我们有什么事要领事馆做吗?"
有一次她上楼梯前问道,偌大的房间
开始充满了晨曦。"为什么强调
自然?一朵花必定是红的或白的,但我们
可以是任意的。我们的胜利困难重重
因为成功并不代表优秀。
它不情愿被发现。"一月又一月
我们像这样生活着。我经常给她讲述
这儿以外的生活是什么样子。
她渐渐变得虚弱,像帕拉第奥神殿
体面地分崩离析。最后一个早晨她站着
在高高的窗边。"我不会给你祝福,"
她说,"我也拒绝给你讲原因。你是谁,
有谁能使我公正?"当他们走近她,
她对我微笑,说:"最后。"

多么充裕

相互猛打。退回
又相互猛打
在群星喧嚣的沉寂
和他们车前灯的吼叫中。
试图逼迫感知,挤出痛苦。
铁与砂建造的伊甸园。
拱廊全部采用罪的形式。
天堂属于丧失和搽口红的乳头,
对孩子说有关灵魂的谎言。
死去的女人堆满了花儿。
狂放的出租车在空空的街道
不遵守红灯,
黄灯或绿灯。

花 园

我们来自一片岁月的密林
进入一座名叫"孤独"的
未知国度的山谷。没有马或狗,
头顶上的天堂深不可测。
我们像马可·波罗归来,
珠宝藏在旧衣缝里。
一种甜蜜的悲哀,一种艰辛的快乐。
这个初来者拼凑起一座房子,
在那儿煮扁豆汤,一夜
又一夜。坐在那块巨石上——
那是门槛,在炎热的黑暗中
嗅着松树的气息。当月亮升起
在高高的树干间,他歌唱
没有天赋但怡然自乐。然后进去
与他亲爱的幽灵殷勤致意。
早晨,他观看两只五子雀,
一对燕雀带着新养的儿子。

以及山雀。还有金花鼠

下午时用他们精致的手

在他的手指间寻找着种子。

他观看他的拙劣的花园,

薄荷和洋葱在那儿并排蓬勃生长,

挨着西红柿和茄子——

长得稀疏,因为缺乏照看。

他整日里想知道自己

已经到达何处,为什么

允许他拥有如此之多(甚至

糖枫树叶上的雨水),为什么甚至现在

还有那么多即将到来。

只在弹奏时,音乐才在钢琴中

我们与世界并非一体。我们并不是
我们身体的复杂性,也不是夏日的空气
在那棵大枫树里无目的地游荡。
我们是风在枝叶间穿行时
制造的一种形状。我们不是火
更不是木,而是二者结合
所产生的热。我们当然不是那片湖
也不是湖里的鱼,而是为它们所愉悦的
某物。我们是那寂静
当浩大的地中海正午甚至削弱了
坍塌的农舍边昆虫的鸣叫。我们变得清晰
当管弦乐队开始演奏,但还不是
弦或管的一部分。就像歌曲
它只在歌唱中存在,而不是歌者。
上帝并不住在教堂的钟里面,
只在那儿短暂停驻。我们也是转瞬即逝,
和它一样。一生中轻易的幸福混合着

痛苦和丧失。总在试图命名和追随
我们胸中扬帆的进取心。
现实不是我们所结合的那种感觉。而是
走上泥泞小路，穿越酷热
和高远的天空，以及无尽延伸的大海。
他继续走，经过修道院到旧别墅，
他将和她坐在那儿的露台上，偎依着。
在宁静中。宁静是那儿的音乐，
是寂静和无风的区别。

寂静如此完整[1]

寂静如此完整,他能听见

自己内心的低语。大多数名字

是女人的。离去的或死去的女人。那些

我们轻易地爱过的女人。怎么回事,他疑惑,

我们当时拥有,而今不再拥有,

我们曾经那样,而今不再那样。

似乎活着回到当时,是那么自然而然。

很快就只剩下浣熊的足迹

在雪地上沿着河流渐渐消失[2]。

---

[1] 诗题为"Winning on the Black",亨利·莱曼解释是指下棋时"执黑而胜"(杰克擅长下棋)。一般而言,执黑是后手,赢棋的难度更大,正像杰克喜欢在困境中生活。

[2] 让人想起唐代诗人岑参的《白雪歌送武判官归京》:"山回路转不见君,雪地空留马行处。"

拒绝天堂

这些身穿黑衣、在冬天望早弥撒的老年妇女,
是他的一个难题。他能从她们的眼睛辨认出
她们已经看到基督。她们使
他的存在之核及其周围的透明
显得不足,仿佛他需要许多横梁
承起他无法使用的灵魂。但他选择了
与主作对。他将不放弃他的生活。
不放弃他的童年,和那九十二座
跨越他青年时两条河流的桥梁。还有
沿岸的工厂,他曾在那儿工作,
并长成一个年轻人。工厂被侵蚀殆尽,
又被太阳和锈迹侵蚀。他需要它们
作为衡量,哪怕它们消失不见。
镀银已经脱落,露出下面的黄铜,
这样对它更适合。他将度量这些
凭着夜雨后水泥边道的气息。
他像一只旧渡船被拖到河滩上,

一个家破碎而仍然恢宏,带着巨大的横柱
和托梁。像一片失控的林海。
一颗搁浅的心。一锅冰凉的融化之物。

我们内心的友谊

为什么是嘴?为什么我们用嘴迎向嘴
在最后的时刻?为什么不用著名的腹股沟?
因为腹股沟太远。而嘴贴近精神。
我们一整夜绝望地结合,在开始
数年的牢笼生活之前。但这是身体的告别。
我们吻我们爱的人,作为棺木闭合前
最后一件事,因为这是我们的存在
在触摸未知的世界。吻是我们内心的边界。
是调情成为求爱之处,
起舞结束、舞蹈开始之处。
嘴是我们进入私密的要道,
而她在其中安居。她的嘴
是大脑的门廊。心的前院。
通向被加冕的神秘。我们在那儿
在天使中间短暂地相遇。

一次感恩起舞

他的精神跳起很久以前,和以后。
星光照在破旧的宾夕法尼亚西部
一条乡村路上。嗅到青草
和铁锈。和快乐。
他的精神迎接那个意大利新年
在一个山中小镇,鹅卵石街道上
到处是悦耳的碰杯声。
香槟和初吻。
太害羞,不敢看对方,他们之间
没有语言。他独自起舞,跳起
那以后。此刻他们坐在沉甸甸的
罗马阳光里,谈论如今
他们结了婚的人。他悄悄地
跳起华尔兹——她在令人讶然的美
之中,饮葡萄酒,欢笑,她身后窗子里
积满了冬雨。

马群在无月的午夜

我们的心迷失在黑暗的林中。
我们的梦在怀疑的城堡里挣扎。
但还有音乐在我们心里。希望被按下
但天使又带着我们飞起来。
当我们还在沉睡,夏日的清晨
一寸寸开始,然后与我们一起行走
像长腿美人穿过
一条条肮脏的街道。并不奇怪
危险和痛苦就在我们四周。
令人惊讶的是有人歌唱。
我们知道马群在那边黑暗的
草地上,因为我们能嗅到它们,
能听到它们的鼻息。
我们的精神坚持,像一个人正奋力
穿过冰封的山谷,
突然嗅到花香,
意识到雪正在融化

在视野之外的山顶上，
他知道春天已经开始。

无 瑕
　　——为美智子而作

大脑死亡了,身体
就不再被精神传染。
如今只是机器和机器
在交谈。在帮它返回
它纯粹的旧旅程。

而 且

我们被赠予树木,这样我们能知道
上帝的样子。还有河流
这样我们可能理解**他** [1]。我们被允许
拥有女人,这样我们能在床上与主在一起,
无论多么片面而短暂。
激情,然后我们又孤身一人,
而黑暗继续。他住在
马萨诸塞的树林里两年之久。
在月光允许的午夜,赤身裸体出来
到夏天的松林里。
他观察山杨树,当下午的微风
将它们吹动。倾听雨声
打在他窗边的灰胡桃树上。
但他最终离开时,它们并不在意。
那个难侍弄的花园,他曾当它的助产士,

---

[1] 他(Him),原文 Him 首字母大写,指代上帝。

也无动于衷。那八只野鸟
当两个冬天的大雪让它们挨饿，
他喂养了它们，转眼就忘记了他。
还有那三个女人，当时和以前，
曾经让他吃、让他完全进入，是他着陆的
广袤无边的新世界，如今只是普通朋友
或者已经去世。我们被赠予的又被带走，
但我们仍然设法秘密地拥有。
我们失去一切，但我们收获
它们给我们带来的结果。记忆
凭借碎片和近似值，建立了
这个王国。我们是拾穗人，
为即将来临的冬天填满谷仓。

一种礼仪

真是沉重的负担：死亡躺在每一边，
你的旧和服还锁在我的衣柜里。
如今我疑惑将会发生什么，如果我的生命
再次着了火。我会碎成两半吗？
一半是风暴，另一半像冰在银钵里。
我醒着，躺着，回忆着京都的那些鸟儿
叫着不不，啊啊。不不，啊啊。而你
一整夜说好的。你说好的，当我在黎明时
又将你唤醒。甚至在午餐时
丢了面子。最后那家小酒馆里所有人
走动起来，想看看是谁的声音。
佛告诉我们，我们应当清除道上的
每个障碍。"如果你在小路上遇到你母亲，
杀了她。如果佛挡了路，杀了他。"[1]

---

[1] 引自临济宗义玄大师的话："你欲得如法见解，但莫受人惑，向里向外，逢着便杀，逢佛杀佛，逢祖杀祖，逢罗汉杀罗汉，逢父母杀父母，逢亲眷杀亲眷，始得解脱，不与物拘，透脱自在。"

但我的精神歌唱，像那些衰蝉
当我坐在后院里敲打着一只旧罐子。

一路繁花盛开

当生命闭拢,精神张开。
试图框出上帝的尺寸,无论大小。
发现死亡到来让我们变得彰显。
认识到我们必须在时间结束前
抵达它的内核——我们作为墙壁
而围绕的那一部分。并非善或恶,
亦非死亡或来生,而是我们
这期间所包含的意义。(他一边走
一边回忆,啄入美,
心吃进赤裸的灵魂。)
身体是一个大国,心智是一件礼物。
他们一起定义了实在性。
精神能够知晓,主作为一种风味
而非强力。灵魂雄心勃勃
追求不可见的事物。渴望一种牺牲
既是精神又是肉体。两者皆非。

隐秘的耕作

他们把捆好的天使和大麦一起
堆放在打麦场上,赶着牛和驴子
一整天在上面。在海上吹来的风里
扬起混合物,从曾经的黄金里
分出淡黄色的麦粒。
它在明亮的空气里燃烧。
当黑夜来临,麦糠堆成山,
几乎高过农舍。但
麦粒只有八袋。

1960 年 12 月 9 日

凌晨三点在博洛尼亚[1]四处闲逛。
美丽的带拱廊的广场空无一人。冬雨。
四点五分上了火车,睡得难受
在闷热的车厢里,蜷缩在半个
座位上。天还没大亮。薄雾中
开始看见一点东西。隐约的大山
点缀着雪。更高处松树结了冰。
后面是牡蛎白。火车沿着一条河
在山间行进。大多是苹果园,
偶尔还有黯淡的苹果挂在树梢。
还有葡萄园。这儿没有意大利的感觉。
没有翁布里亚农民在他们的白色海上耕种
那种感觉。而是一辆拖拉机
靠近果园撒堆肥:腐烂的红色葫芦科碎物。
后来,另一个男人站在河里,

---

[1] 博洛尼亚是意大利中部城市,向南到意大利半岛上的佩鲁贾、罗马,向北经博尔扎诺到梅拉诺和蒂罗洛。

拿着一根长柄的网，一动不动地
盯着下面。那时看到博尔扎诺和梅拉诺
之间的通勤车。在洗手间换了短裤。
在车站检查了行李，向市中心
走去。到处是旅馆。
夏日山上的风景，冬天滑雪。
去了旅馆，询问庞德的事。（因为
地址忘在了佩鲁贾的家里。）
他们说他已经不在那儿了。再去
旅客服务处。赫舍尔说，是的，庞德
还在那儿。我出来时暗自发笑，仿佛
我曾经很狡黠。然后，等待第一趟巴士
去蒂罗洛。它十点半离开。预计
到那儿一个半小时的路程。

不是幸福而是幸福的结果

他醒来,在冬天树林的寂静里,
鸟儿不唱歌的寂静,知道他将
一整天听不到自己的声音。他记起睡梦中
褐色的猫头鹰发出怎样的声音。
那男人在冰冷的早晨醒来,想着
女人。伴着些许欲望,更多的是意识到
物是人非。一月份的寂静
是他的双脚在雪里的声音,和一只松鼠的叱责,
或一只单身蓝鸦聒耳的叫声。
他有什么东西在那儿起舞,相隔,阴郁而缄默。
许多天在树林里,他疑惑这么长久以来
他在追寻的是什么。我们手牵手
进入黑暗的快乐,他想,
但独自被奖赏,正如我们结婚
而进入孤独。他走小路,一边做着陌生的
大脑的数学,扩大着精神。
他想起抚摸着她的双脚,当她奄奄一息。

最后四个小时，注视着她渐渐息止[1]

当医院沉睡。记得他随后亲吻她时

她的头冰冷得令人震惊。

有光或更多的光，黑暗和更少的黑暗。

它是，他认定，一种无法定义的品格。

多么奇怪地发现一个人带着心活着

就像一个人伴着妻子活着。甚至许多年后，

没有人知道她现在的模样。心

有它自己的生命。它摆脱我们，逃避，

雄心勃勃而不忠诚。无法解释地绝迹了

八年之后，不必要地繁盛起来，已经太晚。

像白色树林里随意的寂静，

在雪中留下踪迹，他无法辨识。

---

[1] "最后四个小时"：参见《越来越虚弱：午夜到凌晨四点》一诗。

失 信

他们相见时她从未死去。
他们像往常一样早饭吃面条。
曾有十一年他以为是那条河
在他的心底做梦。
如今他知道是她住在他心里,
像风有时候依稀可见
在树林里。像玫瑰和大黄
在花园里,转眼不见。
她的骨灰埋在镰仓[1],靠着大海。
她的面庞、秀发和甜美的身体依然
在山上那座旧别墅里——
她曾在那儿度过整个夏天。他们
十一年里都睡在地板上。
而如今她来得越来越少。

---

[1] 镰仓,日本城市,位于神奈川县,临海,旅游胜地。

幸福的重塑

我记得我怎样地躺在屋顶上
听那个肥胖的小提琴手
在下面沉睡的村庄里
演奏舒伯特,那么糟,那么棒。

从巴黎眺望匹兹堡

他心的船儿系在古老的
石桥上。搁浅在太平洋山上,
晨雾浓厚,一派苍茫弥漫山脊。
在普罗旺斯夏日前奔跑。作为一个秘密
溺死在宽广的莫农加希拉河里。
永远地累累负载着橡树街和翁布里亚。
"有怪物",他们警告,在旧地图的
空白处。但真正的危险是海洋的
不足,遍及整个空虚水域的
无意义的重复。平静,风暴,又平静。
对人类来说太贫瘠。我们逐渐知道
我们自己,作为无尽丰富的
大陆和群岛。他在一只木船的
座位里等待。停航,也许在坚持。
轻柔地颠簸,摇动。周围是
一船的灵魂和天使。令人惊讶,幽灵
用年轻男孩的清晰嗓音在歌唱。

众天使击掌作拍。当他守望着
早晨，期待黑暗让路，显示
他的降临，新的国，他的故土。

"我的双眼爱慕你"[1]

——为凯丽·奥基夫而作[2]

她进入他的生活,像是通过一部小说

半路抵达,带着些埋在她内心的

早年的两种生活。她是

一位副总检察长的女儿。当一切

破碎,她试图歌唱,又结了婚。

如今她又碰到麻烦,把汤

放在他的门廊里,在真正了解他以前。

说是她听到他得了重感冒,而且

现在是寒冬。(这像是

他的第一个妻子,去百货商店

买一张铜床,让一个和他相当的售货员

躺上去,让她看是否合适。

那时她只是远远地认识他。)

---

[1] "我的双眼爱慕你"(*My Eyes Adored You*),美国20世纪70年代的一首流行歌曲。

[2] 凯丽·奥基夫(Kerry O'keefe),杰克的一位女友,歌星、作家。诗中写到了她的经历:家道中落、离婚,带两个孩子等等。

但是当人们长大,他们应该明白世事。
你不能把这称作浪漫,当她已经有了
两个孩子。他早已决定再不要
卷入爱情。而今一切
都出了错。她并不只是仰望他的窗户
温柔地歌唱。你能看到他们在楼上
黑暗中,他正唱得糟糕,她毫不介意。

超越快乐

逐渐地我们意识到什么被感觉到并不像

感觉包含了什么那么重要(无论多么孤独或残忍)。

不是我们童年时发生了什么,而是

发生的事情包含了什么。肯·凯西[1]坐在树林里,

在刷白的摩托车栅栏外面,说:

当他写酸时,他并不是在写酸如何如何。

他用他所写的,作为火焰,去发现道路,让他返回

他当时所知的一切。诗歌记录

感觉、快乐和激情,但最好的则搜寻出

那些超越快乐的、过程之外的。

激情并不像热情能够接近的东西

那么重要。诗引导我们一部分一部分地

去发现一个世界,正如照片打断了连续性,

给我们时间看每样事物的独立与充足。

诗从我们向前的无穷流动中选取一部分

去用心了解它的优点。

---

[1] 肯·凯西(Ken Kesey,1935—2001),美国作家,著有小说《飞越疯人院》(*One Flew Over the Cuckoo's Nest*)。

魔 力

我想不起她的名字。
不是说好像我曾经
和许多女人上过床。
实际上我甚至想不起
她的面孔。我依稀知道
她的大腿多么有力,和她的美。
但我不会忘记的
是她两手撕开烤鸡,又
拭去胸前的油腻的样子。

好生活

当他醒来,一轮苍白的太阳
刚刚在山谷的一侧升起。
屋里零下八度。
他升起一堆火,泡茶。拿出种籽
给鸟儿,又细看新雪中
有什么足迹,还想知道
有什么在这儿生活。他正在写一首诗,
朋友打来了电话。她问
他今天计划做什么。要写几封信,
他告诉她(因为他一个月内
每天写一封的计划
已经拖欠了。)
她告诉他著名诗人一天
写多少信。又说她这么讲
并不是批评。他们挂了电话后,
他站着看那些没有回复的信件
在桌子上堆得老高。回到
床上,又开始修改他的诗。

胖刺猬

——为以赛亚·伯林而作[1]

当这儿的刺猬在夜里

看到一辆车,强光

照到它们,它们就做一件

它们知道的大事。

---

[1] 以赛亚·伯林(Isaiah Berlin),俄裔犹太人,当代思想家。西方谚语说"狐狸知道许多事,刺猬只知道一件事",伯林在《刺猬与狐狸》里说"思想家分刺猬和狐狸两种,前者偏重理性,存一大智;后者偏重经验,足智多谋"。

普洛斯彼罗倾听黑夜

复杂而广阔的过程已经产生了
一种怪异:它躺在黑暗中
听小猫头鹰鸣叫,一只驴子
在大麦地里打喷鼻,青蛙在下面
接近洞穴处。但他正倾听的
是山谷中每个农场里
狗儿寂静无声。它们的安静表明
没有情人在游荡,也没有流浪汉
在寻找睡觉的地方。但有一个年轻人,
非常安静,在天堂另一边
沉甸甸的葡萄下。仍然有女人
在农舍黑暗的窗户后面期待着。
就像他能听见自己但听不见
威尔第。还有什么是狗不知道的?

天堂末日

当那些天使发现他正坐在煤油灯的

半明半暗里吃扁豆时,他瞪大了眼睛。

但他所说的只是他可否留个便条。

穿黑衣的天使看看穿红衣的天使,后者耸耸肩。

于是他开始绝望地写,把字条塞进

一个信封,又在正面写上"安娜"。迅速地

开始另一个,双肩拱起,害怕他们。

写完后又在上面写上"枇杷蓬"。开始写

第三个时,那个严厉的天使低吼起来。"我有舒伯特",

那人拿出来,开始放磁带。穿黑衣的天使

温和地说:至少他没有说"这么快!"

当墨水用完,那人抽泣起来,吃力地

走到堆放着书和草稿的桌边。他又写完后

潦草地写上"苏珊"[1]。穿红衣的天使

又低吼起来,那人说他要穿上鞋子。

---

[1] 吉尔伯特与诗中三人分别认识于哥本哈根、泰国和马萨诸塞。

当他们带他出来,走进晾干的野豌豆

和大海的气息,他开始迟疑不定,请求道:

"我没有写地址!我不想让她们以为

我忘记了。""无关紧要,"那个善良的天使说,

"她们都已经过世多年。"

失去的世界

想想那是什么样,他说。佩吉·李和古德曼[1]
一直都在。卡尔·雷瓦扎[2] 每天晚上
用来自新泽西一家舞厅的"来吧来吧"[3]
让我发狂,无线电用双肩裸露的
黑袍女人充满我在匹兹堡的
黑暗房间。海伦·福雷斯特和海伦·奥康纳[4],
和后来年轻的莎拉·沃恩[5],来自芝加哥
从午夜到两点。想想那时十五岁

---

[1] 佩吉·李(Peggy Lee, 1920—2002),美国爵士乐手和演员;古德曼(Benny Goodman, 1909—1986),美国爵士乐手、乐队领队。佩吉·李在30年代后期到40年代早期在古德曼的乐队。

[2] 卡尔·雷瓦扎(Carl Ravazza),美国歌手,20世纪30至40年代成名。

[3] "来吧来吧"(*Vieni Su*),美国20世纪40年代的流行歌曲。

[4] 海伦·福雷斯特(Helen Forrest, 1917—1999),美国歌手。海伦·奥康纳(Helen O'Connell, 1920—1993)美国歌手、演员,演唱歌曲包括 *Green Eyes*。

[5] 莎拉·沃恩(Sarah Vaughan, 1924—1990)美国爵士乐手。

在枝繁叶茂的六月中旬,当西纳特拉[1]

和雷伊·艾伯尔[2]双双获得"傻瓜跑进来"[3]的第一名。

有人正唱着"温柔一些"[4],有人唱着

"这是我的爱"。无助的青春期,

浪漫的声音永远无处不在。

一整天从临街的窗户里飘出来。

西纳特拉唱着"到我身边来"。整个乐队。阿蒂·萧[5]

唱着"绿眼睛",总有人在演奏着

"开始跳比津舞"[6]。我呢绝望,因为我

总是不能及时赶到。谁会为我的心而责备我?

那时我有什么选择?哈利·詹姆斯[7]演奏着"沉睡的

咸水湖"。想象一下,在夏夜,"沉睡的咸水湖"!

---

[1] 西纳特拉(Frank Sinatra, 1915—1998)),美国歌手、演员,演唱歌曲包括下面提到的"这是我的爱"(*This love of mine*)。

[2] 雷伊·艾伯尔(Ray Eberle, 1919—1979),美国歌手。

[3] "傻瓜跑进来"(*Fools Rush In*),指20世纪40年代一支流行歌曲,由西纳特拉、雷伊·艾伯尔等多人演唱。

[4] "温柔一些"(*Tenderly*),指20世纪40年代一支流行歌曲,由萝丝玛丽·克鲁尼演唱。

[5] 阿蒂·萧(Artie Shaw, 1910—2004),作曲家、乐队领队。

[6] "开始跳比津舞"(*Begin the Beguine*),指20世纪30年代一支流行歌曲。

[7] 哈利·詹姆斯(Harry James, 1916—1983),音乐人、乐队领队。

也许非常幸福

她去世后,他被巨大的
好奇心攫住,想知道
她生前感觉如何。不是说
他怀疑她多么爱他。
而是说他知道必定
有什么事情让她不喜欢。
所以他找到她的密友
问:她曾抱怨过什么。
"没关系的,"他不得不
一直说,"我真的不介意。"
那位朋友最后让了步:
"她说,有时候你喝茶
声音好大,如果茶水很热。"

细事的马槽 [1]

我们被天地间荒谬的过度所包围。

被无意义的庞然大物,广大而无尺度,

强力而无序。固执的重复,

在场但不被感觉到。

精神没有什么可以结合。仅仅现象

及其物理学。无穷无尽,持续的无穷无尽。

没有栖息地让大脑在那儿辨认出它自己。

与心没有什么相关。无助的复制。

恐惧于没有一个活着。

没有红松鼠,没有花,甚至没有草。

无物知道是什么季节。

星星不因为意识而发生屈折变化。

模仿而无含义。我们独自看到鸢尾花

在陋室前抵达它的完美状态

---

[1] 马槽(The manger),指耶稣的马槽。马利亚"生了头胎的儿子,用布包起来,放在马槽里"(《路加福音》2:7);细事(incidentals)在诗中指所有美丽的细节,如陋室前的鸢尾花。

又迅速凋零。羊羔生于幸福,
复活节时被吃掉。我们被强大的爱
保佑,但它消逝。我们可以哀伤。
我们活着片刻存在的陌生,
但我们仍然因暂时的存在而兴奋。
其间壮丽的意大利。存在的短暂,存在的
卑微这个事实,才是我们的美的来源。
我们是独一无二的,从噪声中制造音乐,
因为我们必须匆忙。我们在宇宙的
虚无荒原里,收获孤独和渴望。

三十种最爱的生活:阿玛格尔[1]

我每天早晨醒来,在四楼,

用灰泥和河草做成的有两百年的

四壁之间。我经常离开那个女人,

步行穿过美丽的哥本哈根,

到阿玛格尔岛。到我的小屋——

它在纳粹留下的营房里,面对一片沼泽。

大多数时间是冬天。

将消防栓大小的铁炉生起火,

上面放一只钵,到水渐渐变热时,

放进汉堡和蔬菜。

开始用麻木的双手打字。我计划

写两星期、挣一千元的那本书

已经滞后一星期(恐怕

要超过一个月)。没有钱也没有

希望。然后汤的香味,

---

[1] 阿玛格尔(Amager),丹麦岛屿,丹麦首都哥本哈根的一部分。

房间温暖。我经常打字一整天,

到夜里很晚。一直到汤

喝完。然后我又开始走回去,

穿过结冻的城市,嘎吱嘎吱走在护城河上,

寂静中格外地响。群星灿烂。

照着她等我回来,准备好煎香肠

在凌晨两点。我不经意地想起

中国古代一位诗人在贫困中

写道:"啊,不亦快哉。"[1]

---

[1] 语出金圣叹《不亦快哉三十三则》,吉尔伯特引自林语堂的英译。

缅甸

用尽,误导,欺骗。我们的时间总在变短。
我们珍惜的总是转瞬即逝。我们热爱的,
或早或晚,变了模样。但片刻间,我们能够
领略我们的来生。欣喜它的呈现
在缺失中。为我们被允许想念它而感激,
满怀感激即使它在减少。
因为知道它就在那儿。像女人在雨天
有时冲进卧室里哭泣,为失去
她们爱过的第一个男子。像一个男人想起
在楼上窗边向外张望的年轻女子,他曾看到,
短暂地,当他驱车穿过一个沉睡的村庄。
或者记忆中那片明亮:那家废弃的旅馆,
侍者穿着一尘不染的白工装,赤脚。
优雅的餐厅一片寂静,除了
雨落在白铁桶里的声音。而
头顶上巨大的风扇,带着破裂的叶片,
在炎热里转动,发出沙沙声。还有刮擦声

在宽敞的露台上的枯叶堆里。

偶尔有碎玻璃的清脆声音。

一切都是祝福。那儿存在的。那时活着的。

像一只大钟长久地回响,在你听不到之后。

我拥有什么

在床上二十小时没吃饭,我下决心
至少应该来点茶。起来去点灯,
但又开始冒汗,发抖,
我从房间另一侧蹒跚退回。砰地一声
撞到石头墙。清醒过来,头上有血,
弄不明白床在哪个方向。
四处爬着找火柴,但放弃了,
记起还剩下一根在炉边的盒子里。
我点着,又灭了。"夸张",我说
黑暗中摸索着去桌边,找火柴,
走着赤脚艺妓的步子。开始颤抖,呻吟,
牙齿咯咯响,像旧电影里的英雄
疟疾复发时的样子。我笑了,但心有担忧。
没有电话,没有人经过这荒郊野外
让我求救。上帝知道我拥有什么。意识到
我又是四肢着地。有趣,某物在说

当我拖着自己回到床上。有趣?

另一部分说。有趣!看在老天面上!

麻 烦

这就是"奥德赛"的意思。

爱情无法把你留在新墨西哥

养孔雀度过余生。

严肃而快乐的心是个问题。

不是轻易的激动,而是夏天

在地中海,混合着

里维埃拉[1]二月的雨水

和凄冷,狂风中

一切都在燃烧。受孕的心

被驱向希望——对于这个世界

它是错误的尺度。爱,

在这天堂般的国度里总是令人不安。

伊甸园无法掌管如此大的雄心。

孩子们在广场四处奔跑,

叫喊着,指着,嘲弄着

---

[1] 里维埃拉(Riviera),法国南部和意大利北部的地中海沿岸地区,旅游胜地。

立在教堂门口、让人眩晕的

年轻的金口圣若望[1],

圣母吻过的他的嘴巴

四周闪闪发亮。

---

[1] 金口圣若望(Saint John Chrysostom,约349—407),基督教早期教父,以擅长布道和演讲而闻名。

起 初

夏娃和亚当一早醒来,
面对雪和他们的心智,
立即穿上令人惊异的衣服,
在树下手牵手。

无尽的品类迎面扑来,
最后他们终于露出了笑容,
但对于侥幸逃脱了那温暖的
单调乏味,他们不置一词。[1]

---

[1] 这首诗是对《圣经·创世记》的改写,甚至标题也来自《圣经·创世记》的开头("起初,神创造天地"),但明显的是,这里认为他们离开伊甸园是解放而非堕落,是喜悦而非痛苦。

职 业

希腊渔民
不在海滩上玩耍,我
不写滑稽的诗。

亚拉帕[1]

已经游过了瀑布下面的

丛林潭水,再次挣扎着

下去,穿过泥条小屋,

我们还有三个小时

才等到那只船回来。

仅有的外国人有一家画廊。

她是个英国人,光身穿着吊带衫。

他也是个俗人,胡子拉茬,

醉醺醺地谈着性,在上午

十点钟。大声告诉我们

她怎样因为他每月三百

就和他待在一起。她跋涉过

他们的旧恨新仇,捡起

那些素描,当一张张吹落

在暴风雨前的风中。

---

1 亚拉帕(Yelapa),墨西哥哈利斯科州一个富于热带风情的海滨渔村,度假胜地。

喜爱沙砾和一切

是那些附带的事物越来越
让他思念,而他为之担心。
那条单线铁轨蜿蜒进入十二月
光秃秃的树林,没有房屋——
为什么这些对他重要?又为什么
那些失败的让他信任?是因为
匹兹堡仍然缠绕他心中,以至于
他墙上有一幅上帝的头颅
被丛林根部撕碎的画?也许
在那个野蛮的城市长大,让他
喜爱沙砾和一切
他在大而锈蚀的钢厂里看到的。
也许这个原因让他最终搬出了
巴黎。也许是很久以前
那些冬天的严酷,如今
让他不安,当人们经常笑起来。
为什么情欲如此重要。不像快乐

而像是抵达更暗之物的一种方式。

追寻着灵魂，寻找出天堂之铁

当这劳作正接近完结。

她或许在这儿

她或许在这儿,悄悄地。

双手和膝盖撑在地上

头略微向下

在门边侧望

一早晨就注视着我

在我醒来之前。

只有脸庞露出来

还有双肩。脚下一滑

她的肌肤显得蜜白,衬着

两条薄带子的素白

和紧身胸衣的绣边。

她的右手隐约可见。

图书在版编目（CIP）数据

大火·拒绝天堂：吉尔伯特诗集 /（美）杰克·吉尔伯特著；柳向阳译 . — 北京：北京联合出版公司，2021.4（2023.11 重印）

ISBN 978-7-5596-4838-9

Ⅰ．①大… Ⅱ．①杰…②柳… Ⅲ．①诗集—美国—现代 Ⅳ．① I712.25

中国版本图书馆 CIP 数据核字 (2021) 第 037182 号

大火　拒绝天堂：吉尔伯特诗集

作　　者：［美］杰克·吉尔伯特
译　　者：柳向阳
出 品 人：赵红仕
责任编辑：牛炜征
特约编辑：王文洁
装帧设计：孙晓曦　pay2play.design

北京联合出版公司出版
（北京市西城区德外大街 83 号楼 9 层　100088）
北京联合天畅文化传播公司发行
山东临沂新华印刷物流集团有限责任公司印刷　新华书店经销
字数 146 千字　860 毫米 ×1092 毫米　1/32　9.5 印张
2021 年 4 月第 1 版　2023 年 11 月第 3 次印刷
ISBN 978-7-5596-4838-9
定价：62.00 元

版权所有，侵权必究
未经书面许可，不得以任何方式转载、复制、翻印本书部分或全部内容
本书若有质量问题，请与本公司图书销售中心联系调换。
电话：64258472-800

THE GREAT FIRES: Poems 1982–1992
by Jack Gilbert
Copyright©1994 by Jack Gilbert

REFUSING HEAVEN
by Jack Gilbert
Copyright©2005 by Jack Gilbert

This translation published by arrangement with Alfred A. Knopf, an imprint of The Knopf Doubleday, a divison of Penguin Random House, LLC.
Simplified Chinese edition copyright
2021 Shanghai EP Books Co., Ltd.
All rights reserved.